名探偵《めいたんてい》
シャーロック・ホームズ
Sherlock Holmes

四つのサイン

名探偵《めいたんてい》シャーロック・ホームズ

四つのサイン

目次

四つのサイン
THE SIGN OF FOUR（原題訳「四つのサイン」）

四つのサイン

第一章　シャーロック・ホームズの推理学《すいりがく》

シャーロック・ホームズは、マントルピースの片《かた》すみから、びんをとりあげると、モロッコ革のケースから皮下注射器《ひかちゅうしゃき》をとりだした。そして、神経質《しんけいしつ》そうな白い指先で注射器《ちゅうしゃき》をととのえ、左手のシャツのそでをまくりあげると、前腕《ぜんわん》と手首をじっと見つめた。やがて針先《はりさき》を一気にさしこみ、ため息をもらすと、ビロードばりのひじかけいすに、じっと身をしずめた。

何か月ものあいだ、わたしはこういう場面を、日に三回も見てきたのだが、気持ちのうえではなかなか慣《な》れることができなかった。けれども、この習慣《しゅうかん》に反対するとなると、つい気おくれがして、しりごみをしてしまうのだった。

ところが、その日の午後は、昼に飲んだワインのおかげで、これ以上わたしがだまっていてはいけないと決意したのだった。

マントルピース
壁《かべ》にくみこまれた暖《だん》炉《ろ》の、たき口《ぐち》をかこむかざりの部分《ぶぶん》のこと。

モロッコ革《がわ》
モロッコ特産《とくさん》のなめし革《がわ》。なめし革《がわ》は、毛《け》皮《がわ》の毛《け》と脂《あぶら》をとりのぞき、やわらかくしたもののこと。

「今日はどちらかね。モルヒネ？　それともコカイン？」

「コカインさ。七パーセントの溶液《ようえき》だ。きみもやってみるかい？」

「ぼくのからだは、アフガニスタン戦争の後遺症《こういしょう》がなおっていないからね」

「たぶんきみのいうとおりだよ、ワトスン。これは、からだにあまりいい影響はあたえないだろう。だが、頭のほうは、すこぶるはっきりとする」

「しかし、これがどういう結果をもたらすのか、きみも考えてみたまえ。精《せい》神《しん》は高まるかもしれないが、健康にはきわめて悪い。どんなにおそろしい副作用があるかは、きみだって知っているはずだろう。これは、友人として忠《ちゅう》告《こく》しているだけではない。ぼくの医者という立場からも忠告《ちゅうこく》しているのだ」

ホームズは、両手の指先をあわせると、いすのひじかけにおいていった。

「ぼくの精神《せいしん》は、停滞《ていたい》しているのをきらうのだ。事件《じけん》がほしいのだ。仕事がしたいのだ。このうえもなく、むずかしい暗号文の解読《かいどく》でもいい。そうすれば、ぼくはすぐに、水をえた魚のように生きかえるのさ。そうなれば、コカインもいらない。

モルヒネ
アヘンにふくまれている麻薬《まやく》。痛《いた》みをおさえる薬《くすり》として使《つか》われる。使《つか》いつづけると効《こう》果《か》が弱《よわ》くなり、依存症《いぞんしょう》になる。

コカイン
コカの葉《は》にふくまれる。現在《げんざい》は、麻薬《まやく》としてとりしまられているが、ホームズの時代《じだい》には清涼飲料《せいりょういんりょう》にも入《はい》っているなど、健康飲料《けんこういんりょう》の感覚《かんかく》だった。

ぼくは、ぼんやりとして生きていくことに、たえられないのだ。精神《せいしん》が高まっていなければ、いやなのだ。だから、ぼくは自分の性格《せいかく》に、いちばんあった職業《しょくぎょう》をえらんだ。いや、正確《せいかく》には、職業《しょくぎょう》をつくりだしたというべきだろうね。この仕事をしているのは、世界広しといえども、ぼくひとりしかいない」

「世界じゅうでただひとりの、私立探偵《しりつたんてい》というわけかい?」

「そう、世界でただひとりの、私立諮問探偵《しりつしもんたんてい》だよ。探偵《たんてい》に関していえば、ぼくのところが最高裁判所《さいばんしょ》みたいなものさ。グレグスンや、レストレイドや、アセルニー・ジョウンズなどの警部《けいぶ》たちが、お手あげになった事件《じけん》を、決まってぼくのところへもってくるのだ。

ぼくにとっては、このとくしゅな才能《さいのう》を生かせることが最高の報酬《ほうしゅう》というわけさ。あのジェファスン・ホープの事件《じけん》で、ぼくのやり方を、きみにも理《り》解《かい》してもらえただろうがね」

「そう、よくわかったよ。あれほど感銘《かんめい》をうけたことは、ぼくは今までになかったね。だから『緋色《ひいろ》の習作』という風変わりな題名をつけて本にまとめ

アフガニスタン戦争《せんそう》
ワトスンは、アフガニスタンに軍医《ぐんい》として赴任《ふにん》したが、第二次《だいにじ》アフガン戦争《せんそう》で重傷《じゅうしょう》をおった。

ジェファスン・ホープの事件《じけん》
本《ほん》シリーズ『緋色《ひいろ》の習作《しゅうさく》』に収録《しゅうろく》。

緋色《ひいろ》の習作《しゅうさく》
ホームズ物語《ものがたり》の最初《さいしょ》に書《か》かれた作品《さくひん》。長《なが》く日本《にほん》では『緋色《ひいろ》の研究《けんきゅう》』という訳名《やくめい》で知《し》られていた。

たのだ」

ホームズは、なさけなさそうにいった。

「ぼくも、ざっと目を通したが、まあ、正直にいって、いただけないね。探《たん》偵《てい》というのは、厳正《げんせい》な科学だ。冷静に、客観的にあつかってもらわなければこまる。きみの書いた文章は、ロマンチックすぎるね」

「だけど、ロマンスだってあったわけだから、事実をまげるわけにはいかないよ」

わたしはホームズに反論《はんろん》した。

「あの事件《じけん》でいちばん大切なことは、結果から原因《げんいん》へという、きみょうな分《ぶん》析的推理《せきてきすいり》によって、事件《じけん》を解決《かいけつ》にみちびいたということだけなのだ」

あの物語を、わたしは、かれによろこんでもらおうという目的で書いたのに、こう批判《ひはん》されて、ずいぶんがっかりしてしまった。

ベイカー街[*1]で同居《どうきょ》しているうちに、ホームズのこのおだやかな態度《たいど》の裏《うら》に、少しばかりの虚栄心《きょえいしん》がひそんでいることに、わたしはすでに気づいてい

分析的推理《ぶんせきてきすいり》
こみいった考《かんが》えを、一《ひと》つひとつの部分《ぶぶん》に分《ぶん》解《かい》し、さらにくわしく細《こま》かい点《てん》について検討《けんとう》したうえで、全体《ぜんたい》についてのはっきりした考《かんが》え方《かた》を見《み》つける方法《ほうほう》。ホームズはこの方法《ほうほう》で推理《すいり》している。

た。

わたしは、それ以上話をかわさず、傷《きず》ついた足をいたわりながらすわった。前に、ジーザイル銃《じゅう》で足をうたれたことがあり、外出にはさしさわりはないものの、気候のかわりめには、その傷《きず》がうずくのだった。

「このごろは、大陸にまで仕事があるのでね」

ホームズは、古いブライヤーのパイプに、タバコをつめながらいった。

「先週は、フランソワ・ル・ヴィラールから相談をうけたよ。近ごろ、フランスの探偵界《たんていかい》では有名な男さ。かれはケルト系《けい》らしく、直観力はするどい。しかし、正確《せいかく》な知識《ちしき》を幅広《はばひろ》く身につけていないのが欠点だね。これがなくては、この道での才能《さいのう》はのびない。

事件《じけん》というのは、ある遺言状《ゆいごんじょう》に関するものだった。ぼくはあの男に、にたような事件《じけん》をふたつ教えてやった。一八五七年に、ロシアのリガでおきた事《じ》件《けん》と、一八七一年に、米国のセントルイスでおきた事件《じけん》をね。それが解決《かいけつ》の手がかりになったようだ。これが今朝とどいた手紙だよ。ぼくの協力に感謝《かんしゃ》

ジーザイル銃《じゅう》
16世紀《せいき》から19世紀《せいき》にかけてオスマン帝国《ていこく》や中東地域《ちゅうとうちいき》で使用《しよう》された銃《じゅう》。ワトスンがアフガニスタンで戦争《せんそう》に従軍《じゅうぐん》したときには、アフガニスタンの戦士《せんし》たちがこの銃《じゅう》を使用《しよう》していた。当時《とうじ》のイギリス軍《ぐん》はこの銃《じゅう》の射程《しゃてい》と精度《せいど》におどろいたそう。

ブライヤーのパイプ
ブライヤー（ツツジ科《か》）の根《ね》でつくったパイプ。

ケルト系《けい》
ヨーロッパに住《す》む民族《みんぞく》のひとつ。アイルランド、ウェールズ、スコットランド高地《こうち》に多《おお》く住《す》む。

するとと書いてあるよ」

そういいながら、かれは、しわくちゃになった外国製《がいこくせい》のびんせんを投げてよこした。ちらっと内容《ないよう》を見ただけだが、このフランス人が、ホームズを心から尊敬《そんけい》しているようすがうかがえた。

「かれは今、ぼくのちょっとした著作《ちょさく》を、フランス語に翻訳《ほんやく》してくれているのさ」

「きみの著作《ちょさく》だって？」

「えっ、知らなかったのかい。ぼくは今までにも、いくつかの論文《ろんぶん》を発表しているのさ。まあ、いずれも専門的《せんもんてき》な問題をあつかっているものばかりだが。たとえば、これは、『各種のタバコの灰《はい》の識別《しきべつ》について』というものだ。この中で、ぼくは百四十種の葉巻《はまき》、紙巻《かみまき》タバコ、パイプタバコについて、それぞれのちがいを、色ずりの図版《ずはん》を使って説明している。

これによって、ある殺人事件《さつじんじけん》で犯人《はんにん》が、インドのルンカ葉巻《はまき》をすっている男だとはっきりわかれば、捜査《そうさ》の範囲《はんい》を確実にせばめることができる。トリ

ルンカ葉巻《はまき》
両切《りょうぎ》りの細《ほそ》い葉巻《はまき》。インドで製造《せいぞう》される両《りょう》切《ぎ》り葉巻《はまき》に似《に》ている。

チノポリ葉巻《はまき》の黒い灰《はい》と、バーズ・アイ印の白いふわふわした灰《はい》は、キャベツとジャガイモくらいのちがいがあるというわけさ」

「きみは、ずいぶんこまかなことについて、たいへんな才能《さいのう》をもっているね」

「この論文《ろんぶん》は、足あとの型《かた》をとることに関するものでね。足あとの保存《ほぞん》には、焼き石膏《せっこう》を使うといいと書いたものさ。


それからこれは、職業《しょくぎょう》によって、人の手の形がどう変化するかをしらべた、ちょっとかわった論文《ろんぶん》だ。スレート職人《しょくにん》、水夫、コルク切り工、植字工、織工《しょっこう》、ダイヤみがきなどの手形を、石版《せきばん》の図でしめしてある。これはとくに、身元がわからない死体や、犯人《はんにん》の前科をしらべるときには役に立つ。


そろそろ、この話には、きみもうんざりしているだろうね」

「いや、じつに興味深《きょうみぶか》いよ。きみは今、観察と推理《すいり》について話したけれど、これはおたがいに通じあうものではないのかい」

「いや、それがちがうのさ。たとえば、観察によれば、きみは今朝、ウィグモア街の郵便局《ゆうびんきょく》へ行ったことになり、推理《すいり》によれば、きみはそこで電報《でんぽう》をうったことがわかる」

「あたった！　両方ともあたっている！　どうしてわかったのかい？　まだだれにもしゃべっていないはずだが」

「いや、これはじつにかんたんなことさ。説明の余地《よち》もないくらいだ。だが、これは観察と推理《すいり》の境《さかい》をはっきりさせるのに、役立つかもしれないね。

観察によると、きみの靴《くつ》のかかとに、赤い土が少しついているのがわかった。ウィグモア郵便局《ゆうびんきょく》のま向かいは、通路の舗装《ほそう》をはがして、土をほりかえしている。郵便局《ゆうびんきょく》へ行くには、その土をふまなければならない。こんな赤みがかかっている土は、ぼくの知るかぎりでは、ほかには見あたらないからね。あとは推理《すいり》というわけさ」

「電報《でんぽう》のことは、どう推理《すいり》したのかい？」

「午前中、ぼくはずっときみと向かいあっていたが、きみは手紙は書かなかった。あけっぱなしの机《つくえ》の引き出しの中には、切手もはがきもたくさん入っている。とすれば、電報《でんぽう》をうつ以外に、郵便局《ゆうびんきょく》へ出かける用はないというわけさ。ほかの要因《よういん》をすべて消していって残ったものが、真実というわけだ」

「これは、もっとも単純《たんじゅん》な例というわけだね。それでは、きみの理論《りろん》というのを、もう少しくわしくテストしてみても、かまわないかい？」

「もちろんさ」

と、ホームズは答えた。

「きみがもちだす問題なら、なんでもよろこんで答えるよ」

「きみは、だれのものでも、いつも使いなれているものには、その人の個性《こせい》がきざみこまれているから、熟練《じゅくれん》した観察者には、それが読みとれるといったね。これは、最近ぼくが手にいれた懐中時計《かいちゅうどけい》だが、これの亡《な》くなった持ち主の性格《せいかく》とか、くせなりについて、きみの意見を聞かせてもらえないだろうか」

わたしは、これをしらべるのはおよそ不可能《ふかのう》だろうと思った。だが、かれがときおりしめす独断的《どくだんてき》な態度《たいど》に、いい薬になるだろうと考えたのだった。

かれは、時計を手のひらにのせて、重さをはかり、じっと文字ばんを見つ

懐中時計《かいちゅうどけい》　ふところやポケットにいれてもちあるく時計《とけい》。

めた。やがて裏《うら》ぶたをあけ、まず肉眼《にくがん》で、次に度の強いルーペで細工をしらべた。そして、カチッとふたを閉《し》めて、わたしに返したとき、わたしはかれの気落ちしたような表情《ひょうじょう》を見て、思わずほほえみをもらした。

「ほとんどデータがないね。この時計は、最近そうじされたために、いちばんだいじな手がかりとなる事実が、消えてしまっている」

「そのとおりだ。ぼくにわたる前に、きれいに手入れしたのさ」

わたしは心の底で、かれを非難《ひなん》した。時計がそうじされてなければ、手がかりがつかめるとでもいうのだろうか。

「満足のいくものではないけれども、しらべてみて、まったくなんの収穫《しゅうかく》もないというわけではなかった。もし、まちがっていたら、きみに訂正《ていせい》してもらうことにしよう。その時計は、きみの兄さんのもので、兄さんはそれを、きみのお父上からゆずりうけたものだ」

「それは、裏《うら》のH・Wという文字から、推理《すいり》したわけかい?」

「そのとおりだ。時計が製造《せいぞう》されたのは今から五十年前。だから時計はぼくらの親の世代のものだ。ふつう、こういう貴重《きちょう》な品は長男が相続する。だから、長男は父親と同じ名前であることが多い。たしかきみのお父上は、だいぶ前に亡《な》くなられた。だから時計は、きみの兄さんのものになったはずだ」

「そこまではあっている。ほかになにか、わかったことは？」

「きみの兄さんは、ひどくだらしなくて、ずぼらな人だった。前途有望《ぜんとゆうぼう》な身なのに、その機会をのがしてしまった。ときおり、金まわりのよくなることもあったが、結局は貧乏《びんぼう》ぐらしをつづけたあげく、酒びたりになって亡《な》くなった。ぼくに推理《すいり》できるのは、こんなところだ」

わたしは、いすからとびあがって、せわしく部屋を歩きまわった。

「きみらしくないね、ホームズ。ぼくの不幸な兄の経歴《けいれき》をしらべておいて、今ごろになって、それをなにか、きばつなやり方で推理《すいり》したように見せるなんて。すべてを古時計から読みとったとはいわせないよ？　思いやりにかけたやり方だ。はっきりいって、いかさまじゃないか」

「ねえ、ワトスン、ぼくのいい分も聞いてほしい。これがきみ個人《こじん》にとって、どれほど身近で、つらいできごとであったかを、ぼくはわすれていた。しかし、ちかっていうが、きみから時計をわたされるまで、ぼくはきみに兄さんがいたことすら、まったく知らなかった」

「それなら、どうしてそれがわかったのかい？　ただのあてずっぽうではないのだろう？」

「もちろんさ。ぼくはけっして、あて推量《ずいりょう》はやらない。はじめに、きみの兄さんは、だらしない人だ、とぼくはいったね。その時計の側面を見ると、下のほうが二か所へこんでいるだけでなく、一面にかすり傷《きず》がついている。これは、硬貨《こうか》とか、かぎなど、かたいものといっしょにポケットにいれておくくせがあったからだ。五十ギニーもする高価《こうか》な時計を、こうそまつにあつかう人は、だらしのない人物だろう。

また、これほど高価《こうか》なものを親からうけついだ人は、ほかにも多くのものを、親からゆずりうけていると推理《すいり》して、まちがいない。

それから、イングランドの質屋《しちや》が時計を質《しち》にとるときには、ピンの先で、

五十ギニー
ギニーは英国《えいこく》の古《ふる》い貨幣《かへい》の単位《たんい》。現在《げんざい》の日本《にほん》の諸物価《しょぶっか》をもとに考《かんが》えると、一ギニーは約《やく》二万五千二百円《えん》、五十ギニーは約《やく》百二十六万円《えん》に相当《そうとう》する。

ふたの内側に、質《しち》ふだの番号を書いておくのがふつうだ。ルーペで見ると、ふたの内側に、そうした番号が四つ書きこまれている。これは、きみの兄さんが、しばしば経済的《けいざいてき》にこまっていただろうという推理《すいり》につながる。さらに兄さんは、ときおり金まわりがよくなったということにもなる。そうでなければ、質草《しちぐさ》は引き出せないからね。

最後に、内ぶたを見てほしい。ネジがついている。あなのまわりに、無数のひっかき傷《きず》が見えるだろう。これは、ネジがすべってできたあとだ。しらふの人は、ネジでこういう傷《きず》はつけない。だから、よっぱらいの時計に決まっている。なんのふしぎもないというわけさ」

「種をあかされれば、明快《めいかい》このうえないね。失礼なことをいって、すまなかったよ。ところで、今なにか事件《じけん》の依頼《いらい》をうけているかい?」

「ないのさ。だから、コカインなぞ、やっているというわけだよ。ぼくは、頭脳《ずのう》を使っていないと、生きていけないのだ。

この窓《まど》のところに立って、外を見てみたまえ。これほど、みじめでわびしい、いやな世の中があるだろうか？　黄色い霧《きり》が、うずを巻《ま》きながら路地をただよい、くすんだ色の家のあいだを流れていく。

ぼくは才能《さいのう》をもっているのに、その才能《さいのう》を生かす場所がないのだ。それでは、まるで宝《たから》のもちぐされだ」

そのとき、ドアをノックする音が聞こえて、下宿のおかみが、名刺《めいし》をもって入ってきた。

「若《わか》いご婦人《ふじん》がお見えです」

「ミス・メアリ・モースタン。記憶《きおく》にない名前だ」

と、かれは名刺《めいし》の名前をつけていった。

「こちらへお通ししてもらおうか、ハドスンさん」

第二章　事件《じけん》のはじまり

モースタン嬢《じょう》は、しっかりとした足どりで部屋に入ってきた。気品のある、ブロンドの若《わか》い婦人《ふじん》で、きちんと手袋《てぶくろ》をはめていて、服の趣味《しゅみ》も申し分なかった。身なりは質素《しっそ》で、生活はさほどゆたかでないことが見てとれた。服は地味なベージュ色で、同じ色あいの、片側《かたがわ》に白い羽根のついた、小さなターバン型《がた》の帽子《ぼうし》をかぶっていた。

かのじょの顔は、目鼻立ちがととのっているわけでも、とくべつ美人でもなかったが、愛きょうのある、かわいらしい顔立ちであった。そして、青いひとみは、やさしさにあふれていた。わたしはこれまで、三大大陸の多くの国ぐにで、さまざまな女性《じょせい》を見てきたが、かのじょほど上品で、せんさいな人がらをあらわした顔には、お目にかかったことがなかった。

「ホームズさま、わたくしが今日おたずねいたしましたのは、わたくしのやとい主のセシル・フォレスター夫人が、以前、あなたさまのお力ぞえで、ちょっとした家庭内の事件《じけん》を、解決《かいけつ》していただいたからでございます。夫人は、あなたさまのご親切を、たいへんよろこんでおいででした」

「セシル・フォレスター夫人ですね。ほんの少しばかり、お役に立ったかもしれません。事件《じけん》はきわめて単純《たんじゅん》なものでした」

「わたくしの場合は、単純《たんじゅん》ではございません。わたくしがおかれております立場ほど、ふしぎなことは、ほかにはないかとぞんじます」

ホームズは、満足そうに目をかがやかせ、ワシのようにするどい顔で、身をのりだした。

「お話をうかがいましょう」

わたしは、自分がここにいるのは、じゃまではなかろうかと思い、

「ぼくは、これで失礼させてもらうよ」

といって、立ちあがった。

すると、おどろいたことに、若《わか》い婦人《ふじん》は、手袋《てぶくろ》をはめたままの手をあげて、

わたしをひきとめようとした。

「もしできますなら、ご友人の方にもご同席いただけますと、たいへんうれしくぞんじます」

そこでわたしは、ふたたび腰《こし》をおろした。

「かいつまんでお話しもうしあげます。わたくしの父は、インドのある連隊の士官《しかん》でした。わたくしは、ごく小さいころに英国へ送りもどされました。母はすでに亡《な》くなっており、こちらには親類はひとりもございません。わたくしは、エディンバラにある寄宿学校《きしゅくがっこう》にいれられ、十七歳《さい》になるまで、そこにおりました。

一八七八年当時、大尉《たいい》になっておりました父は、一年間の休暇《きゅうか》をもらって、帰国いたしました。父は、ロンドンから、ぶじに着いたという電報《でんぽう》をよこし、すぐにランガム・ホテルへくるようにと連絡《れんらく》してまいりました。ロンドンに着くとすぐ、わたくしは宿へ馬車を走らせました。ところが、モースタン大尉《たいい》はとまっておられるが、昨夜外出され、まだもどっていない

士官《しかん》
軍隊《ぐんたい》で少尉以上《しょういいじょう》の階《かい》級《きゅう》の軍人《ぐんじん》の総称《そうしょう》。将校《しょうこう》ともいう。

エディンバラ
英国《えいこく》のスコットランドの中心都市《ちゅうしんとし》。ホームズ物語《ものがたり》の著者《ちょしゃ》ドイルは、ここの出身《しゅっしん》。

ランガム・ホテル
ロンドンにある超高《ちょうこう》級《きゅう》ホテル。『ボヘミアの醜聞《しゅうぶん》』（本《ほん》シリーズに収録《しゅうろく》）のボヘミア王《おう》も、ここにとまった。

といわれました。一日じゅう待ってみましたが、連絡《れんらく》はございません。

その夜、わたくしは、ホテルの支配人《しはいにん》にすすめられて警察《けいさつ》にとどけ、翌《よく》朝《あさ》、各新聞に広告《こうこく》を出しました。ですが、今日になるまで、父に関する消息は、なにもわかっていません……」

かのじょは、すすり泣きをはじめた。

「いつのことですか？」

ホームズは、手帳をひらきながらたずねた。

「消息をたちましたのは、一八七八年十二月三日ですから、十年近く前のことになります」

「お父上の荷物は？」

「ホテルにございました。ですが、手がかりになるようなものは、なにひとつございませんでした。衣類と何冊《なんさつ》かの本、それにアンダマン諸島《しょとう》[*2]からもちかえっためずらしい骨董品《こっとうひん》が、かなりありました。父は、その島の囚人警備《しゅうじんけいび》隊《たい》の隊長をしておりました」

「お父上は、ロンドンにお友だちがおいででしたか？」

「わかっておりますのは、同じ第三十四[*3]ボンベイ歩兵連隊の、ショルトー少佐という方、おひとりです。退役《たいえき》して、アッパー・ノーウッドに住んでいらっしゃいました。この方とも連絡《れんらく》をとりましたが、父が帰国していることとすら、ごぞんじありませんでした」

「きみょうな事件《じけん》ですね」

「ほんとうにきみょうなお話は、これからでございます。六年ほど前――一八八二年五月四日の[*4]『タイムズ』紙に、『メアリ・モースタン嬢《じょう》の住所をたずねる。本人みずから名のりでれば、有利なことになるであろう』、という広告《こうこく》が出ました。広告主《こうこくぬし》の名前も、住所もわかりません。

　わたくしは当時、家庭教師《かていきょうし》として、セシル・フォレスター夫人のお屋敷《やしき》に入ったばかりでございましたが、夫人にすすめられ、同じ広告欄《こうこくらん》に自分の住所をのせました。すると、その日のうちに、郵便小包《ゆうびんこづつみ》で小さなボール箱がとどきました。中には、大粒《おおつぶ》のすばらしい真珠《しんじゅ》が入っておりました。手紙など

アッパー・ノーウッド
　ノーウッドは、当時《とうじ》サリー州《しゅう》とロンドンのランベス区《く》にまたがる地域《ちいき》で、アッパー、ロウアー、サウスのみっつの部分《ぶぶん》にわかれていた。

郵便小包《ゆうびんこづつみ》
　ホームズの時代《じだい》は郵《ゆう》便《びん》の配達《はいたつ》が早《はや》く、ロンドン市内《しない》で出《だ》した郵便《ゆうびん》物《ぶつ》は、その日《ひ》のうちにとどいた。

は、なにも同封《どうふう》されてはおりませんでした。

そして、毎年この日がくると、同じような真珠《しんじゅ》の入った箱がとどくのでございます。ですが、送り主はわからないままなのです。

真珠《しんじゅ》は、そうとうな値打《ねう》ちだということでございます。ごらんくださいませ、とてもみごとでございましょう」

こういうと、かのじょはたいらな箱をあけ、みごとな六粒《つぶ》の真珠《しんじゅ》を見せた。

「あなたのお話は、じつに興味深《きょうみぶか》いものです。ほかになにか、おこりませんでしたか」

「じつは、今日、あることがおこったのでございます。こうしてご相談にうかがったのは、今朝、このような手紙をうけとったからでございます」

「そう、封筒《ふうとう》もいっしょに見せてください。消印はロンドン南西地区局、日付は九月七日、すみに男の親指の指紋《しもん》があるが、郵便配達夫《ゆうびんはいたつふ》のものでしょう。最上質《さいじょうしつ》のびんせんと、一たば六ペンスの封筒《ふうとう》。文房具《ぶんぼうぐ》にかけては、うるさい人物のようだ。差し出し人の住所はなし。

九月七日《くがつなのか》
七月七日《しちがつなのか》とする書籍《しょせき》もあるが、河出書房新社《かわでしょぼうしんしゃ》発刊《はっかん》のオックスフォード版《ばん》を完訳《かんやく》した『シャーロック・ホームズ全集《ぜんしゅう》』にあわせて九《く》月七日《がつなのか》とした。

六ペンス
この当時《とうじ》の六ペンスは、現在《げんざい》の日本《にほん》の諸物価《しょぶっか》をもとに考《かんが》えると、約《やく》六百円《えん》に相当《そうとう》する。

『今夜七時、ライシーアム劇場《げきじょう》の外の、左から三本めの柱においでいただきたし。信用できないのなら、友人ふたりをつれてきてもいい。あなたは不当なしうちをうけている。そのうめあわせをいたしたい。警官《けいかん》をつれてきてはならない。そのようなことをすれば、すべてが水のあわとなるであろう。あなたの未知の友より』

なるほど、これはいささかふしぎな事件《じけん》のようです。モースタンさん、あなたはどうなさるおつもりです？」

「じつは、それをご相談いたしたく、まいりました」

「では、わたしたちがいっしょに行きましょう。そう、こちらのワトスン先生とわたしが。友人ふたりと、手紙にもあります」

「でも、おいでいただけますでしょうか？」

「お役に立てば、わたくしも光栄です」

と、わたしは力をこめていった。

「おふたりとも、ほんとうにご親切に、ありがとうございます。わたくしは、

ライシーアム劇場《げきじょう》
ロンドンのストランドにある劇場《げきじょう》。シェイクスピア劇《げき》を上演《じょうえん》して有名《ゆうめい》になった。

ほかに相談する人もございません。夕方六時に、こちらへおうかがいすれば、よろしゅうございましょうか？」

「それよりおそくてはいけません。それから、この筆跡《ひっせき》は、真珠《しんじゅ》の箱のあて名の筆跡《ひっせき》と同じものですか？」

「それは、ここにもってきております」

かのじょは、数枚《すうまい》の紙切れをとりだした。

「あなたは模範的《もはんてき》な依頼人《いらいにん》ですね。では、ちょっと拝見《はいけん》します」

紙切れをテーブルの上に広げると、ホームズはするどい視線を投げかけた。

「筆跡《ひっせき》をわざとかえているが、疑《うたが》いの余地《よち》はない。まちがいなく、同じ人物が書いたものです。この筆跡《ひっせき》は、お父上の筆跡《ひっせき》に、にているところはないでしょうか？」

「まったくにておりません」

「そうおっしゃるだろうと思いました。では、六時にお待ちしています。その紙は、おいていってください。少ししらべてみたいのです。それでは、またお目にかかりましょう」

かがやく美しいまなざしを、わたしたちふたりに投げかけ、真珠《しんじゅ》の入った小箱をしまうと、かのじょはいそいで立ちさった。

わたしは窓辺《まどべ》にすわり、かのじょが足早に通りすぎるのを見守った。

「なんと魅力的《みりょくてき》な女性《じょせい》だろう！」

わたしは、ホームズのほうへふりかえってさけんだ。

「そうかね？　ぼくは気がつかなかったよ」

と、ものうげなちょうしで、かれは答えた。

「きみは、ほんとうに機械のようだね。ひどく非人間的《ひにんげんてき》なところがあるよ」

「なにより重要なことは、相手の個人的《こじんてき》なとくちょうによって、事件《じけん》の判断《はんだん》を、くるわされないようにすることだよ。依頼人《いらいにん》は、問題の中の一単位、一要素《ようそ》にすぎない。

ぼくが知っているいちばんの美人は、保険金《ほけんきん》ほしさに、三人の子どもを毒《どく》殺《さつ》して、死刑《しけい》になった女だ。また、ぼくが知っている中で、もっともいやな男は、これまでロンドンの貧民《ひんみん》のために、*5二十五万ポンド近くの金を投じている慈善家《じぜんか》だ」

「しかし、この場合は――」

「ぼくは例外はもうけない。この男の字体を、どう思う?」

「読みやすく、きちょうめんな字だ」

ホームズは首をふった。

「この文字を見てみたまえ。d《ディー》はa《エー》のように見えるし、このℓ《エル》はe《イー》のようだ。ぼくは、今からちょっと出かけてくる。二、三しらべたいことがあるのでね。この本を読んでいたまえ。――なかなかすばらしい本のひとつだ。ウィンウッド・リードの、『人類の苦悩《くのう》』さ。一時間ほどで、もどってくる」

わたしは本を手にすると、窓《まど》ぎわにすわった。わたしは、先ほどの訪問者《ほうもんしゃ》のことで頭がいっぱいだった。かのじょのほほえみ、ふかくゆたかな声のひびき、そして、かのじょの一生にふりかかっている、ふしぎな神秘《しんぴ》に、わた

ウィンウッド・リード
英国《えいこく》の作家《さっか》(一八三八~一八七五年《ねん》)。『人類《じんるい》の苦悩《くのう》』は一八七二年《ねん》に発表《はっぴょう》された。

しは心をうばわれていた。父親が失そうしたとき、かのじょが十七歳《さい》だったとすれば、現在《げんざい》は二十七歳《さい》ということになる。

よからぬ考えが頭に入りこんできたので、わたしはあわてて自分の机《つくえ》のところへ行き、最近出た病理学の論文《ろんぶん》を、いそいで読みはじめた。片方《かたほう》の足が弱っているうえに、なんの財産《ざいさん》もない、しがない退役軍医《たいえきぐんい》の自分が、こんなことを考えるとは、なんということだろうか。夢《ゆめ》など見ないほうがいいのだ。

第三章　解決《かいけつ》の糸口

五時半をすぎて、ホームズは上きげんでもどってきた。かれのこうした躁《そう》の気分は、このうえなくふさぎこんだ、ゆううつな気分と、交互《こうご》にあらわれるのだ。

「この問題に、さしたるなぞはないね」

わたしがそそいだお茶のカップをうけとりながら、かれはいった。

「この事実を見れば、たったひとつの説明しか考えられない」

「えっ、もう解決《かいけつ》したのかい？」

「いや、解決《かいけつ》とまではいかないが、ある暗示的《あんじてき》な事実を発見した。きわめて暗示的《あんじてき》なのだ。『タイムズ』紙のとじこみを見てみたら、アッパー・ノーウッドの、元第三十四ボンベイ歩兵連隊のショルトー少佐が、一八八二年の四月二十八日に死亡《しぼう》していることがわかった」

躁《そう》の気分《きぶん》　病的《びょうてき》なまでに気分《きぶん》が高《たか》まり、活動的《かつどうてき》になること。

「ホームズ、なんのことだか、ぼくにはさっぱりわからないよ」

「わからないって？　これはおどろいた。失そうしたモースタン大尉《たいい》が、ロンドンでたずねそうな人といえば、このショルトー少佐だけだ。少佐は、大《たい》尉《い》がロンドンにいるのを知らなかったといっている。そして、四年後にショルトー少佐は死んだ。亡《な》くなって一週間とたたないうちに、モースタン大尉《たいい》の娘《むすめ》さんは、高価《こうか》な贈《おく》り物《もの》をうけとっている。

それは毎年くりかえされ、そして今度は、その娘《むすめ》が不当なしうちをうけているという、今回の手紙だ。不当なしうちとは、父親の失そうをさすものとしか考えられない。なぜ贈《おく》り物《もの》は、よりによって、ショルトーが死んだ直後にとどけられたか？　ショルトーの遺産相続人《いさんそうぞくにん》が、なんらかのつぐないをしようとしているのではないだろうか？」

「しかし、みょうなつぐないだ。しかも、やり方がへんだよ！　六年前ならいざ知らず、今ごろになって、なぜ手紙をよこしたのだろうか？　手紙には、うめあわせをしてやるなどと書いてある。といって、父親が生きているとは、とても考えられない」

「まだ問題は残されている」

物思いにしずんだちょうしで、ホームズはいった。

「しかし、今晩《こんばん》出かけてみれば、わかるだろう。ほら、四輪馬車がきた。モースタン嬢《じょう》が乗っている。さあ、下へ行こう」

わたしは、帽子《ぼうし》と、いちばん重いステッキをとった。ホームズは、引き出しから拳銃《けんじゅう》を出し、ポケットへしまいこんでいた。今夜の仕事は、ただならないものと、かれが考えていることがつたわってきた。

モースタン嬢《じょう》は、黒っぽいマントに身をつつみ、顔はおちついているように見えたが、ひどく青ざめていた。かのじょは、ホームズがたずねる二、三の質問《しつもん》に、手ぎわよく答えた。

「ショルトー少佐は、父にとって、とくべつな友人でした。父の手紙には、よく少佐のことが書いてありました。少佐と父は、アンダマン諸島《しょとう》の部隊の指揮《しき》をとっておりましたので、いっしょに仕事をすることが、よくございました。

そう、それと、だれにもわからないような、きみょうな紙切れが一枚《まい》、父の机《つくえ》の中から出てまいりました。なにか手がかりになるかと思い、もってまいりました」

ホームズは、ていねいに紙を広げ、ひざの上でしわをのばした。そして、二重ルーペをとりだすと、たんねんにしらべはじめた。

「インド産の紙だ。いっときピンで板にとめてあった。図面が書いてあるが、たくさんの広間や、ろうかや、通路のある、大きな建物の一部の見取り図のようだ。一か所、赤インクで小さなバツ字がしるされ、うすいえんぴつ書きで『左から三・三七』とある。

左側のすみに、四つのバツ字をつなげて一列にならべた、きみょうな記号がある。そのわきに、乱雑《らんざつ》に『四つのサイン——ジョナサン・スモール、マホメット・シング、アブドゥラー・カーン、ドスト・アクバー』とある。

これが、事件《じけん》と関係があるかどうかはわかりませんが、重要な書類であることは、まちがいないでしょう。裏《うら》も表もよごれていないところを見ると、紙入れに大切にしまってあったようです」

「父の財布《さいふ》に入っていました」

「だいじにしまっておかれるといいでしょう。なにかの役に立つかもしれない。この事件《じけん》は、奥深《おくぶか》く、いりくんだものになる予感がしますね」

ホームズは、うつろなまなざしをして、一心に考えごとをしているようであった。モースタン嬢《じょう》とわたしは小声で、今夜の冒険《ぼうけん》と、その予測《よそく》される結果について話しあったが、ホームズは沈黙《ちんもく》を守った。

九月の夕方で、まだ七時前だった。こい霧《きり》が、大都会の上に低くたちこめ、雲が重苦しくのしかかっていた。ストランドの街灯は、おぼろげな光の点となって、うかびあがっていた。そして、店の窓《まど》からもれる黄色い明かりが、雑踏《ざっとう》の中を行き来する人を、かすかにてらしだしていた。

こうした、かすかな光のすじの中を行きかう顔の列――悲しそうな顔、うれしそうな顔、やつれた顔、陽気な顔――それはまるで、人生の縮図《しゅくず》のようでもあった。
いんうつな重苦しい夜と、きわめてきみょうな仕事のために、わたしは気がめいり、神経《しんけい》は過敏《かびん》になっていた。モースタン嬢《じょう》も、同じような状態《じょうたい》にあるように見えた。だが、ホームズだけは心を動かされていなかった。かれは、ひざの上に手帳をおき、ときどきランタンの光で、数字やメモを記入していた。

ライシーアム劇場《げきじょう》では、おおぜいの人が出入り口にむらがっていた。正面には、二輪馬車や四輪馬車が、ひっきりなしに横づけになり、盛装《せいそう》した男たちや、ショールを巻《ま》いたりダイヤを身につけた女性《じょせい》たちがおりていった。指定された三本めの柱に着くか着かないうちに、御者《ぎょしゃ》の服装をした、小柄《こがら》な男が近づいてきた。

「モースタンさんと、おつれの方ですかい?」

「わたくしがミス・モースタンです。こちらのおふたりは、お友だちです」

と、かのじょは答えた。かれは、わたしたちを見つめた。

ランタン
角型《かくがた》の手《て》さげランプ。

「お嬢《じょう》さん、失礼ですが、お友だちが警官《けいかん》でないと保証《ほしょう》していただきませんと」

「それはだいじょうぶでございます」

男が、かん高く口笛をふき鳴らすと、ひとりのホームレスの少年が四輪馬車を引いてきて、ドアをあけた。男は御者台《ぎょしゃだい》にのぼり、わたしたちは中にすわった。そして馬車は全速力で、霧《きり》のふる街路を走りだした。

わたしたちは用件《ようけん》も知らされないままに、どことも知れず、つれていかれようとしていた。モースタン嬢《じょう》の態度《たいど》は、これまでになく冷静であった。わたしは、アフガニスタンでの思い出話で、かのじょの気をまぎらわせようとつとめた。しかし、わたし自身も行き先が気になり、話に身が入らなかった。

やがて、わたし自身、ロンドンにあまりくわしくないために、方角を見失ってしまった。しかし、ホームズはけっしてまようことなく、馬車が広場を走りぬけたり、まがりくねった路地を出たり入ったりするたびに、地名をつぶやいていた。

「ロチェスター[*6]通り、ヴィンセント・スクエア、ヴォクスホール橋通りへ出たな。サリー州[*7]へ向かっているのはたしかだ。そう、思ったとおりだ。今、橋をわたっている。川が見える」

広いしずかな水面に、街路の明かりがきらめいているテムズ川が、いっしゅん、わたしの目にうつった。馬車は走りつづけ、迷路《めいろ》のような通りに入りこんだ。

「ワンズワース通り、プライオリ通り、ラークホール小路、ストックウェル・プレイス、ロバート街、コールドハーバー小路。われわれの行き先は、あまり上等な場所ではなさそうだ」

じっさい、わたしたちが着いたところは、いかがわしそうな地域《ちいき》であった。れんがづくりの家並《いえなみ》に、かどにたちならぶパブのどぎつい照明と、けばけばしいかざりが、ひときわめだっていた。はでな新築《しんちく》のれんがづくりの建物が、えんえんとつづいている。それは、大都会という怪物《かいぶつ》が、郊外《こうがい》に向かってつきだした触角《しょっかく》のようであった。

わたしたちの馬車は、新開地にたてられた、三軒《げん》めの屋敷《やしき》の前にとまった。ほかはみな空き家で、台所の窓《まど》に明かりがひとつゆらめいているのをべつにすれば、この屋敷《やしき》も、あたりの家いえと同様に、まっくらであった。扉《とびら》をノックすると、黄色いターバンを巻《ま》き、白くゆったりした服に黄色の帯を身につけたインド人の使用人が、戸をあけた。郊外《こうがい》のありふれた三流住宅《さんりゅうじゅうたく》の戸口にたたずむ、東洋人の姿《すがた》は、なにか場ちがいな印象《いんしょう》であった。

「ご主人さまが、お待ちです」

と、かれがいいおわらぬうちに、どこかの部屋の中から、声が聞こえてきた。

「こちらへお通ししなさい。すぐ、こちらへお通しして」

第四章　サディアス・ショルトーはかたる

インド人の使用人のあとにつづいて、わたしたちも、うすよごれたろうかを歩いていった。右側のドアを入ると、まばゆい黄色い光がさし、その中に、頭の先がとんがり、そのまわりに赤毛をはやした、小柄《こがら》な男の姿《すがた》があった。

かれは、ようやく三十をこしたばかりのようで、顔はたえずけいれんをおこしながら、ひとときもじっとしていなかった。生まれつき、くちびるがたれさがっていて、黄色くふぞろいな歯がまるみえなので、かれはたえず手を口元へもっていって、それを少しでもかくそうとしていた。

「ようこそ、モースタンさん」

と、かれは、かん高い声でくりかえした。

「ようこそ、みなさま。せまいところですが、自分の好みにあわせて、つくってあります。ここは、南ロンドンという砂漠《さばく》の中の、芸術《げいじゅつ》のオアシスです」

わたしたちは、いちように目を見はった。貧弱《ひんじゃく》な屋敷《やしき》の中にあって、ここはまるで、最上級のダイヤモンドを、安いしんちゅうにはめたような、場ちがいな印象《いんしょう》であった。壁《かべ》は、ごうかけんらんな、ぜいたくのかぎりをつくした、カーテンやつづれ織《お》りでかざられていた。そして、カーテンの引いてあるところから、りっぱな額《がく》にはめられた絵や、東洋の花びんがのぞいていた。

床《ゆか》には、こはく色と黒の、ぶ厚《あつ》いじゅうたんがしかれていた。また、大きな二枚《まい》のトラの皮が、すみの敷物《しきもの》におかれた大きな水ぎせるとともに、東洋的な、ごうかなふんいきを、いっそうもりたてていた。そして、ハトの形をした銀製《ぎんせい》の香炉《こうろ》が、細い金の糸で部屋の中央にかけてあった。

小柄《こがら》な男は、笑いをうかべながらいった。

「サディアス・ショルトーともうします。あなたがモースタンさんですね。そして、こちらのおふたりは――」

「こちらがシャーロック・ホームズさま、こちらがドクター・ワトスンです」

「お医者さんですか。聴診器《ちょうしんき》をおもちですかな？　ひとつお願いがありま

水《みず》ぎせる
ふたのついた容器《ようき》に水《みず》を入《い》れ、タバコの煙《けむり》を水《みず》の中《なか》を通《とお》してからすう仕組《しく》みになっているきせる。

香炉《こうろ》
香《こう》をたくときにもちいる容器《ようき》。

す。わたしは、大動脈弁《だいどうみゃくべん》のほうはだいじょうぶなのですが、僧帽弁《そうぼうべん》を先生にみていただけるとありがたい」

わたしは、かれの心臓《しんぞう》を診察《しんさつ》した。かれは、恐怖《きょうふ》におびえているようで、頭から足の先までふるえていた。

「ご心配になるようなことは、ありません」

「ずっとちょうしが悪かったものですから、心配ないとうかがい、ほっとしました。モースタンさん、お父上も、あれほど心臓《しんぞう》に負担《ふたん》をかけなかったら、今でもお元気でおられたはずです」

モースタン嬢《じょう》は、腰《こし》をおろしていたが、くちびるまで青ざめた。

「父は亡《な》くなったものと、心の中では思っておりました」

と、かのじょはいった。

「バーソロミュー兄がなんといおうと、なにもかもお話しするつもりです。三人よれば、バーソロミュー兄に、どうどうと立ち向かえますからね。きっと、満足のいく解決《かいけつ》ができるでしょう」

僧帽弁《そうぼうべん》
心臓《しんぞう》の左心房《さしんぼう》と左心《さしん》室《しつ》のあいだにある弁《べん》。血液《けつえき》が心室《しんしつ》から心房《しんぼう》へ逆流《ぎゃくりゅう》するのをふせいでいる。

かれは、いすに腰《こし》をおろし、うるんだ青い目をしばたたかせながら、こちらを向いた。

「あなたがなにをおっしゃっても、ほかにもらすことはありません」

と、ホームズはいい、わたしもうなずいた。

「では、キャンティでも、一ぱいいかがですか。それともトカイになさいますか？　いらない？　それでは、失礼して、タバコを一服させてもらいます。心をしずめるには、水ぎせるがいちばんでしてね」

かれが、水ぎせるの大きな火皿に、ろうそくをもっていくと、あわとともに、いきおいよく煙《けむり》が立ちのぼった。わたしたち三人は、半円形になるようにすわり、かれはおちつかないようすで、きせるをふかした。

「最初にお手紙をさしあげたときに、こちらの住所をお教えしてもよかったのですが、こちらの意向が無視《むし》されて、好ましくない人たちをおつれになるのではないかと心配だったのです。そこでまず、使用人のウィリアムズに、あなた方をたしかめさせようと、場所を指定させていただきました。

キャンティ　イタリアのトスカーナ州《しゅう》のキャンティ地方《ちほう》でできる、とくに強《つよ》い赤《あか》ワインのこと。

トカイ　ハンガリーのトカイ地方《ちほう》でつくる白《しろ》ワイン。

わたしは、社交ぎらいの、せんれんされた趣味人《しゅみじん》とでもいいましょうか。警官《けいかん》ほどやぼなものは、ありませんからね。がさつな大衆《たいしゅう》に接触《せっしょく》することは、めったにありません。優美《ゆうび》なふんいきにつつまれて、生活しているのです。

わたしは、みずからを美術《びじゅつ》の保護者《ほごしゃ》と呼《よ》びたいほどです。あのコローの風景画は本物です。あのサルヴァトール・ローザのほうは、専門家《せんもんか》はなんというかわかりませんが、あのブーグローは、本物にまちがいありません。近代フランス派《は》の絵には目がないものでして」

「失礼ですがショルトーさん、なにかお話があるというので、うかがったのです。夜もふけてまいりました。お話は、できるだけ手短にお願いします」

モースタン嬢《じょう》がいった。

「いくらいそいでも、多少の時間がかかります。じつは、バーソロミュー兄に会いに、ノーウッドへ出かけなければならないからです。かれは、わたしが正しいと思ったことを実行したことに、ひどく腹《はら》を立てています。わたし

コロー
ジャン・バプティスト・コロー（一七九六～一八七五年《ねん》）。フランスの画家《がか》。風景画《ふうけいが》で有名《ゆうめい》。

サルヴァトール・ローザ
イタリアの画家《がか》（一六一五～一六七三年《ねん》）。詩人《しじん》、音楽家《おんがくか》、俳優《はいゆう》としても活《かつ》やくした。

ブーグロー
ウィリアム・ブーグロー（一八二五～一九〇五年《ねん》）。フランスの画家《がか》。当時《とうじ》の人気画家《にんきがか》だった。

たちは、ゆうべは大げんかをしました」

「ノーウッドへ行くなら、今すぐ出かけたらいい」

と、わたしは、あえて口をはさんだ。

「それはいけません。とつぜん、あなた方をおつれしたら、兄はなんというかわかりません。行く前に、わたしたちの立場を説明しておかねばなりません。わたし自身も知らないことがいくつかありますが、とにかく、わたしの知っているかぎりの事実を率直《そっちょく》にお話しします。

すでにおわかりと思いますが、わたしの父は、かつてインド軍におりました、ジョン・ショルトー少佐です。十一年ほど前に退役《たいえき》し、アッパー・ノーウッドの、ポンディシェリ荘《そう》[*8]に住んでおりました。

父はインドで成功し、かなりの金と、多数の高価《こうか》でめずらしい品じな、それに現地《げんち》の使用人たちをつれて帰国し、ぜいたくにくらしておりました。子どもは、ふたごの兄のバーソロミューと、わたしだけです。

モースタン大尉《たいい》が失そうされたときのさわぎは、今でもよくおぼえています。わたしと兄は、そのことを新聞で知りました。大尉《たいい》が父の友人だったことは聞いていましたから、この問題について父のいる前であれこれ勝手に議論《ぎろん》したものでした。このことについては、父も、わたしたちといっしょに、あれこれ推理《すいり》したりしていましたので、父がすべての秘密《ひみつ》を胸《むね》にひめていようなどとは、疑《うたが》ったこともありませんでした。

しかし、父はひとりで外出することを、ひじょうにおそれ、ポンディシェリ荘《そう》の門番には、プロのボクサーをふたりやとっていました。今晩《こんばん》、みなさんをご案内したウィリアムズは、そのひとりです。かれは、イングランドのライト級のチャンピオンでした。

なにをおそれていたのかは、父はけっして口にしませんでした。ですが、義足《ぎそく》をつけた人を、ことのほかおそれていました。あるときなど、義足《ぎそく》をつけた人に、あやまって発砲《はっぽう》したりもしました。なんの罪《つみ》もない、ただの行商人だったのですが。この事件《じけん》をもみけすために、わたしたちは多額《たがく》の金を使いました。

一八八二年のはじめ、一通の手紙が、インドからとどきました。それを見て、父は朝食のテーブルで気を失いかけ、それ以来、死ぬまで病の床《とこ》にふしてしまったのです。

父にきた手紙は、短い走り書きでした。父は、長く脾臓肥大症《ひぞうひだいしょう》をわずらっていましたが、それが急に悪くなり、四月末には、最後に遺言《ゆいごん》をのこしたいというまでになりました。

わたしたちが部屋に入ると、父は枕《まくら》をささえに身をおこし、ドアのかぎをかけさせました。そして、わたしたちの手をにぎり、おどろくべき事実をかたったのです。

『いまわのきわに、ひとつだけ心にかかっていることがある。亡《な》くなったモースタンの遺児《いじ》にわたしがしたことだ。半分は、かれの娘《むすめ》のものになるはずの宝《たから》を、わたしは今まで、どん欲《よく》さのために、ひとりじめにしてしまっていた。わたしは、宝物《たからもの》を他人とわかちあうなどということに、がまんできなかったのだ。

キニーネのびんのそばに、真珠《しんじゅ》の頭かざりがあるだろう。これは、モースタンの娘《むすめ》にやるつもりで、もちだしてきたものだ。それでも、おしくなって、手ばなせなかった。あの娘《むすめ》に、アグラ*9の宝《たから》の正当な分け前をやってほしい。だが、わたしが生きているうちは、なにも送らんでくれ——頭かざりもだ。わしより悪くても、なおった者もいるのだから……。

　モースタンがどうして死んだかを話しておこう。あの男は、何年も前から心臓《しんぞう》が悪かったが、それを知っていたのは、わたしだけだった。インドにいたとき、あの男とわたしは、そうとうな宝物《たからもの》を手にいれることになった。わたしはそれを、ひと足先にイングランドにもちかえった。モースタンは、帰国した夜、その分け前を要求するために、ここへやってきた。

　もう死んでしまったが、あの忠実《ちゅうじつ》な、ラル・チャウダーじいさんのとりつぎで、やつは屋敷《やしき》に入ってきた。宝物《たからもの》の配分のことで意見があわず、わたしたちははげしい口論《こうろん》となった。モースタンはかっとなり、いすから立ちあがったとたん、あお向けにたおれ、そのひょうしに、宝《たから》の箱のすみで頭をうった。

キニーネ
キナの樹皮《じゅひ》にふくまれている成分《せいぶん》。熱帯性《ねったいせい》マラリアの治療薬《ちりょうやく》として使《つか》われる。

頭《あたま》かざり
小《ちい》さな冠状《かんむりじょう》のかざり。チャプレットなどとも呼《よ》ばれる。

そして、おどろいたことに、かれは死んでしまっていたのだ。

わたしは、心をみだしてすわっていた。どう見ても、わたしが殺人犯《さつじんはん》にされることは明らかだ。けんかの最中に死んだことと、頭に傷《きず》があること。これが、わたしにとって、不利な証拠《しょうこ》となるにちがいない。取り調べられれば、秘密《ひみつ》にしておきたい宝《たから》のことも、明るみに出てしまう。モースタンは、自分の居所《いどころ》を知っている者は、ひとりもいないといっていた。

ふと見ると、使用人のラル・チャウダーが、戸口に立っていた。

《だんなさま、ご心配になることはありませんや。だんなさまがやっちまったことは、だれにもいいませんよ。死体をかくしちまえば、わかりゃしませせん。あっしは口のかたい男でさあ。死体をかくしちまいましょうや》

それは、わたしを決断《けつだん》させるのに、十分なことばだった。自分の使用人でさえ、わたしの潔白《けっぱく》をしんじてくれないのだから、十二人の陪審員《ばいしんいん》たちを、どうやって納得《なっとく》させることができようか。ラル・チャウダーとわたしは、その夜のうちに、死体を処分《しょぶん》してしまった。

陪審員《ばいしんいん》
国民《こくみん》の中《なか》から一定《いってい》の人数《にんずう》えらばれ、事件《じけん》の事実関係《じじつかんけい》や犯罪《はんざい》について、意見《いけん》をのべる人《ひと》のこと。裁判官《さいばんかん》は、その意見《いけん》を聞《き》いて判決《はんけつ》をいいわたす。

二、三日すると、ロンドンじゅうの新聞が、モースタン大尉《たいい》の、奇怪《きかい》な失踪についで書きたてた。わたしがおかしたあやまちは、死体ばかりか、宝《たから》もかくしたことだ。だから、おまえたちに、このうめあわせをしてほしい。宝《たから》のかくし場所は……」

ちょうどそのとき、父の顔は、おそろしい形相にかわりました。口をひらき、わすれることのできないさけび声で、

『あいつをおいだせ。おいだすのだ』

と、さけんだのです。窓《まど》のほうをふりかえって見ますと、暗闇《くらやみ》の中に、わたしたちをじっと見つめている顔がありました。ガラスにぴったりおしつけられた鼻が、白く見えました。毛むくじゃらの顔には、はげしい憎悪《ぞうお》の感情《かんじょう》があらわれておりました。

わたしたちは、窓《まど》ぎわへかけよりましたが、もう男の姿《すがた》はありませんでした。そして、父のところへもどってみると、すでに脈《みゃく》もとまっていたのです。

その夜、庭をさがしましたが、侵入者《しんにゅうしゃ》の姿《すがた》はどこにもなく、花だんに足あと

がひとつ残っているだけでした。しかし、わたしたちの身のまわりに、なにかぶきみな力がはたらいていることはたしかです。

翌朝《よくあさ》、父の部屋の窓《まど》があいており、遺体《いたい》の胸《むね》の上に、『四つのサイン』という文字が走り書きしてある、引きちぎった紙切れが、とめてありました。これはなにを意味するのか、父が一生つきまとわれた恐怖《きょうふ》と、なにか関係があるにちがいないと考えました。しかし、そのあとは、まったくなぞにつつまれたままなのです」

サディアス・ショルトーは、水ぎせるにふたたび火をつけると、物思いにしずんだ表情《ひょうじょう》で、タバコをふかした。モースタン嬢《じょう》は、父の最期《さいご》についての部分では、まっさおになり、気を失うのではないかと思ったほどだった。サイド・テーブルにあった、ヴェネチアン・グラスの水さしから、しずかに水をそそぎ、わたしがわたすと、かのじょはそれを飲み、どうやら元気をとりもどしたようであった。ホームズは、両目を半ば閉《と》じて、ぼんやりした顔つきで、いすにもたれていた。サディアス・ショルトーは、大きすぎるきせるをふかしながら、ふたたび話をはじめた。

「兄とわたしは、宝《たから》のことで、たいへん興奮《こうふん》しました。かくし場所がわからないままに、庭のいたるところをほりおこしもしました。バーソロミュー兄とわたしは、真珠《しんじゅ》の頭かざりをめぐって、口論《こうろん》となりました。真珠《しんじゅ》は、まぎれもなく高価《こうか》な品で、兄はそれを手ばなしたがりませんでした。また、もし頭かざりを手ばなせば、うわさの種となり、やっかいなことになるのではと考えたのです。

わたしは、ようやく兄を説得《せっとく》し、モースタンさんの住所をさがしあてると、頭かざりから真珠《しんじゅ》をはずし、一定の期間をおいて一個《こ》ずつ送り、かのじょにまずしい思いをさせないように、とりはからったのです」

「それはご親切なお心づかいを、ほんとうにありがとうございました」

モースタン嬢《じょう》は、心から礼をのべた。

小男は、とんでもないというふうに、手をふった。

「わたしたちは、あなたの宝《たから》の保管人《ほかんにん》であると、わたしは考えておりました。

でも、バーソロミュー兄は、まったくべつの考えでした。わたしたちは、すでに十分な金をもっておりましたので、わたしはこれ以上ほしいとは思いませんでした。兄とわたしは、この件《けん》に関して、あまりにも考えがちがいましたので、わたしたちは別居《べっきょ》したというわけです。それで、わたしは年老いた使用人とウィリアムズをつれて、ポンディシェリ荘《そう》を出たわけです。

ところが昨日のこと、宝《たから》が見つかったというのです。そこで、ただちにモースタン嬢《じょう》に連絡《れんらく》をさしあげ、ノーウッドへ出かけて、わたしたちの取り分を請求《せいきゅう》するばかりになっています。昨夜のうちに、兄にはこちらの考えをつたえておきました」

こういうと、サディアス・ショルトーは、顔をひきつらせた。この奇怪《きかい》な事件《じけん》の、あらたな局面に思いをめぐらせながら、みんなは口をつぐんでいた。ホームズが、最初に立ちあがった。

「ショルトーさん、あなたは、じつによいことをなさいました」

ショルトーは、水ぎせるの管をていねいに巻《ま》くと、えりとそで口にアスト

アストラカン
ヒツジの胎児《たいじ》からとった毛皮《けがわ》で、表面《ひょうめん》が輪状《りんじょう》にちぢれており、たいへんに高価《こうか》な品《しな》。

ラカンの毛皮をあしらい、胸《むね》にかざりひものついた、ひどく長いコートをはおった。そして、ひどくむしあつい晩《ばん》だというのにえり元までボタンをかけ、耳おおいのついた、ウサギ皮の帽子《ぼうし》をかぶった。

「あまり、じょうぶなたちではないので……」

馬車は外で待っていて、わたしたちが乗ると、すぐに出発した。サディアス・ショルトーは、たえまなくしゃべりつづけた。

「バーソロミュー兄は、頭のいい男です。兄は、宝《たから》は屋敷《やしき》の中にあると判断《はんだん》して、あらゆる場所を測定《そくてい》したのです。建物の高さは二十二メートルあるのに、全体の部屋の高さを合計すると、二十一メートルにしかなりません。一メートルたりないのです。そこで兄は、いちばん上の部屋の、しっくいでかためた天井に、あなをあけてみました。すると、そこに小さな屋根裏部屋《やねうらべや》があったのです。その真ん中にある、二本のたる木の上に、宝《たから》の箱がおいてありました。兄の見つもりによりますと、宝石《ほうせき》の値打《ねう》ちは、五十万ポンドはくだらないそうです」

たる木《き》　木造建築《もくぞうけんちく》で、棟《むね》から軒《のき》にわたして屋根《やね》をささえる細長《ほそなが》い木材《もくざい》のこと。

わたしたちは目を見はった。もし、モースタン嬢《じょう》の権利《けんり》を確保《かくほ》してあげることができれば、かのじょはまずしい家庭教師《かていきょうし》*10から、いちやくイングランド一の相続人になれるのだ。心から祝わねばならないのだが、わたしの心は、なまりのように重くしずんだ。たどたどしく、二、三語、祝いのことばをのべると、わたしはうなだれてすわっていた。

ショルトーは、自分の病気のさまざまな症状《しょうじょう》について、ながながとまくしたてた。かれが皮のケースにいれて、ポケットに携帯《けいたい》しているインチキ万能《ばんのう》薬《やく》の、成分と作用を教えてほしいといわれたが、わたしはそれを、うわのそらで聞きながした。

ホームズによると、わたしはショルトー氏に、ひまし油を二滴《にてき》以上飲むと大変危険《きけん》だといったり、鎮痛剤《ちんつうざい》としてストリキニーネを多量に飲むようにすすめたりしていたそうだ。やがて馬車がとまり、わたしもほっとした。

「ここが、ポンディシェリ荘《そう》です」

と、サディアス・ショルトーはモースタン嬢《じょう》に手をさしのべながらいった。

第五章　ポンディシェリ荘《そう》の悲劇《ひげき》

時刻《じこく》は、すでに十一時に近かった。霧《きり》につつまれた大都会を遠くはなれて、ここまでくると、夜空はよくすみわたっていた。月の光で、あたりを見わたせるほどの明るさだったが、サディアス・ショルトーは、馬車から側灯をひとつおろし、足元をてらした。

ポンディシェリ荘《そう》は、ひじょうに高い石べいにかこまれていた。鉄でへいにとめてある、せまい扉《とびら》が唯一《ゆいいつ》の出入り口となっていた。わたしたちの案内人は、独特《どくとく》のたたき方で、扉《とびら》をノックした。

「だれかい?」

「わたしだよ、マクマード」

重い扉《とびら》がひらかれると、背《せ》の低い、がっしりした男が立っていた。

「サディアスさま、あなたさまでしたか。ほかの方たちは、どなたです?

だんなさまから、ほかの方についていては、ご命令がなかったもんで」

「ほんとうかい、マクマード？　これはおどろきだ！　兄に、友だちをおつれすると、いっておいたんだが」

「だんなさまは、今日はお部屋にこもりきりですからね。あなたさまはお通しできますが、ほかの方は、そこから一歩でも入られてはこまりますぜ」

サディアス・ショルトーは、こまりきって、あたりを見まわした。

「それはないよ、マクマード！　わたしが保証《ほしょう》すればいいだろう。若《わか》いご婦《ふ》人《じん》もおられるし、こんな時刻《じこく》に、外でお待たせしておくわけにはいかない」

「サディアスさま、いわれたことは、守りませんと」

「いや、わかっているよ、マクマード」

と、ホームズがおだやかに声をかけた。

「まさか、このぼくを、わすれてはいないだろうね。四年前、アリスン館での、きみのチャリティー試合の夜、きみと三ラウンド戦った、あのアマチュア・ボクサーを、おぼえているだろう？」

「えっ、シャーロック・ホームズさんですかい！」

と、ボクサーはさけんだ。

「いやいや、そんなところでじっとしていないで、あっしのあごの下にあのクロス・ヒットのひとつもかましてくれれば、すぐわかりましたよ。その才《さい》能《のう》、おしいねえ。わしらの仲間に入れれば、かなりいい線までいけたのに」

「ねえ、ワトスン、ほかのあらゆる道で、出世できないとしても、あとひとつ、このすばらしい職業《しょくぎょう》が、ぼくにはあるというわけさ」

「お入りくださいませ、お友だちもごいっしょに。サディアスさま、失礼しやした」

中へ入ると、荒涼《こうりょう》とした庭の中を、じゃり道がつづき、その先には、味気ない、ま四角の巨大《きょだい》な屋敷《やしき》があった。月の光が屋敷《やしき》のひとすみをてらし、屋《や》根《ね》裏《うら》部《べ》屋《や》の窓《まど》ガラスが反射《はんしゃ》しているだけで、すべては闇《やみ》の中につつまれていた。

「おかしい、なにかあったのだろうか。今夜くると、バーソロミュー兄にはっきりいっておいたのに、部屋に明かりもついていない」

「お兄さんは、いつもこれほど厳重《げんじゅう》に、屋敷《やしき》を警備《けいび》させておられるのですか？」

と、ホームズがたずねた。

「そうです。父と同じようにしているのです。あの月の光がさしているところが、兄の部屋です。あの明るさは、室内の明かりではないようだ」

「そうですね。でも、戸口のわきの小さい窓《まど》には、明かりがついています」

「ああ、あそこは、家政婦《かせいふ》のバーンストン夫人の部屋です。かのじょに聞けば、わかるでしょう。ちょっとここでお待ち願えますか。おや、あれはなんだろう？」

かれは、ランタンをかかげた。モースタン嬢《じょう》は、わたしの手首をつかみ、わたしたち一同が、じっと耳をそばだてながら立っていると、恐怖《きょうふ》にみちた女性《じょせい》のかん高いすすり泣きがとぎれとぎれに聞こえてきた。

「バーンストン夫人だ。ほかに女性《じょせい》はいません。ここにいてください。すぐもどります」

かれはドアへ走りより、例の特有のしかたでノックをすると、背《せ》の高い婦《ふ》人《じん》がドアをあけた。

「サディアスさま、ほんとうによいところへおいでくださいました」

やがてドアが閉《し》まると、かのじょの声は、おしころしたようなちょうしになった。

ホームズは、サディアスがおいていったランタンをとると、建物と、外にうず高くつまれた、大きながらくたの山々を、するどい目つきでながめていた。わたしは、モースタン嬢《じょう》の手をとったまま、かのじょによりそって立っていた。

恋《こい》とは、じつにふしぎなものである。この日はじめて会って、かつて一度も、愛のことばも、愛のまなざしもかわしたことがないふたりがおたがいに、知らないうちに手を求めあうとは。そのとき、わたしには、かのじょに手をさしのべることが、きわめて自然に思われた。こうして、わたしたちふたりは、子どものように手をとりあったままでいた。

「まあ、なんときみょうな場所なのでしょう！」

と、かのじょはいった。

「国じゅうのモグラをはなしたようですね。かつて、バララット近くの斜面《しゃめん》で、こういうものを見たことがあります」

「これも同じさ、宝《たから》さがしのあとだ。六年間もほっていたわけだからね」

このとき、サディアス・ショルトーが、両手を前へつきだし、恐怖《きょうふ》いっぱいの表情《ひょうじょう》で、とびだしてきた。

「バーソロミューのようすがへんだ！」

かれは、恐怖《きょうふ》のあまり、口もよくまわらなかった。

「中に入ろう」

と、ホームズは、断固《だんこ》とした口調でいった。

「そうしてください！」

と、サディアス・ショルトーは答えた。わたしたちは、かれのあとにつづ

バララット
オーストラリアのビクトリア植民地《しょくみんち》にあった、金鉱《きんこう》で有名《ゆうめい》な町《まち》。世界《せかい》でも有数《ゆうすう》の金《きん》の産《さん》出地帯《しゅっちたい》。

き、ろうかの左側にある、家政婦《かせいふ》の部屋に入った。かのじょはおびえていたが、モースタン嬢《じょう》の姿《すがた》を見て、いくぶん安心したようであった。

「まあ、なんとお美しく、おだやかなお顔でしょう！」

と、すすり泣きながら、かのじょはいった。

「あなたさまのお顔を見て、ほっとしましたよ」

モースタン嬢《じょう》は家政婦《かせいふ》の手をとり、やさしく、なぐさめのことばをささやいた。

「だんなさまは部屋にこもられたきりで、なにをもうしあげても、お答えがありません。ひとりにしておいてほしいとおっしゃることが、よくありますので、一日じゅうお声がかかるのを待っておりました。それでも、なんだかようすがへんだと思いましたので、一時間ほど前に二階へあがり、かぎあなからのぞいてみたのでございます。

サディアスさま、どうぞご自分でごらんになってくださいまし。この十年間、バーソロミューさまの、うれしいお顔や、悲しいお顔つきを見てまいりましたけれど、あのようなお顔をされたのは、見たことがございません」

ホームズは、ランタンをもって、先に立った。階段《かいだん》をのぼりながら、二度、ポケットからすばやくルーペをとりだし、階段《かいだん》にしいてあるヤシ織《お》りのマットについた、ただのどろのあととしか見えないようなしみを、たんねんにしらべた。かれは、ランタンを低くもって、左右をするどい目つきで点検《てんけん》しながら、ゆっくりと一段《だん》ずつのぼっていった。モースタン嬢《じょう》は、家政婦《かせいふ》につきそって、あとに残った。

みっつめの階段《かいだん》をのぼりきると、まっすぐのろうかがあった。そこには、大柄《おおがら》のもようのついた、インド産のつづれ織《お》りがかかっており、左側にドアがみっつあった。ゆっくりと、ていねいにしらべながら、ホームズは進んだ。わたしたちが向かったのは、みっつめのドアであった。

ノックしたが、返事がないので、ノブをまわしてみたが、内側からかぎがかかっていて、あかなかった。ランタンを近づけると、幅広《はばひろ》の、がんじょうなかんぬきがかかっていた。ホームズは、かぎあなの高さに腰《こし》をかがめてのぞいたかと思うと、すぐにはっと息をのみこんで、立ちあがった。

「中には、とんでもないものがある、ワトスン」

わたしもかがんで、かぎあなからのぞいた。室内には、月の光がさしこみ、ひとつの顔があった。まるで宙《ちゅう》につるされたように、空にうかんで、じっとこちらを見つめている。なんと、それはわれらが友人、サディアスにそっくりなのである。赤毛といい、血色の悪い顔色といい、かれそのままの姿《すがた》が、そこにあった。

その顔には、ぶきみなほほえみがうかんでいた。その顔が、あまりにもサディアスににているので、わたしは、かれがほんとうにいっしょについてきているのかどうか、今一度ふり向いて、たしかめたほどであった。そして、かれが、兄とふたごだといっていたことを、思いだした。

「これはひどい！」

わたしは、ホームズに向かってさけんだ。

「ドアをこわすしかない」

かれは、全身の力をかけて、ドアに体あたりした。

次に、ふたりでいっしょにぶつかると、ドアがあき、わたしたちはバーソロミュー・ショルトーの部屋になだれこんだ。

部屋は化学実験用につくられていて、テーブルの上には、ブンゼン灯や試験管、レトルト、それに酸《さん》の大びん数本が、乱雑《らんざつ》にならんでいた。どす黒い液体《えきたい》が流れだし、タールににた鼻をさすようなにおいが、部屋じゅうにただよっていた。ま上の天井には、人がひとり通れるほどのあなが、ぽっかりとあいていて、はしごの下には、長いロープが、ほうりだされてとぐろを巻《ま》いていた。

テーブルのそばの、木製《もくせい》のひじかけいすには、バーソロミューが首を左にかたむけ、なぞめいたほほえみをうかべたまま、からだは冷たく硬直《こうちょく》していた。死後何時間もたっているのは明らかだった。顔面ばかりか、手足までも異様《いよう》にゆがんでいた。

テーブルにおいた手のそばに、茶色の木目の細かい棒《ぼう》に麻《あさ》ひもで石をくく

ブンゼン灯《とう》
一八五五年《ねん》、ドイツの化学者《かがくしゃ》ブンゼンが考《かんが》えだした器具《きぐ》。ガスを燃《も》やして使《つか》う。

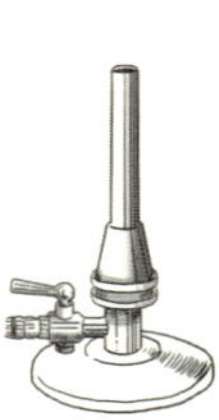

レトルト
液体《えきたい》を熱《ねっ》するときに使《つか》う、ガラス製《せい》や金属《きんぞく》製《せい》の実験道具《じっけんどうぐ》。

タール
黒色《くろいろ》またはかっ色《しょく》の、油状《ゆじょう》の物体《ぶったい》。

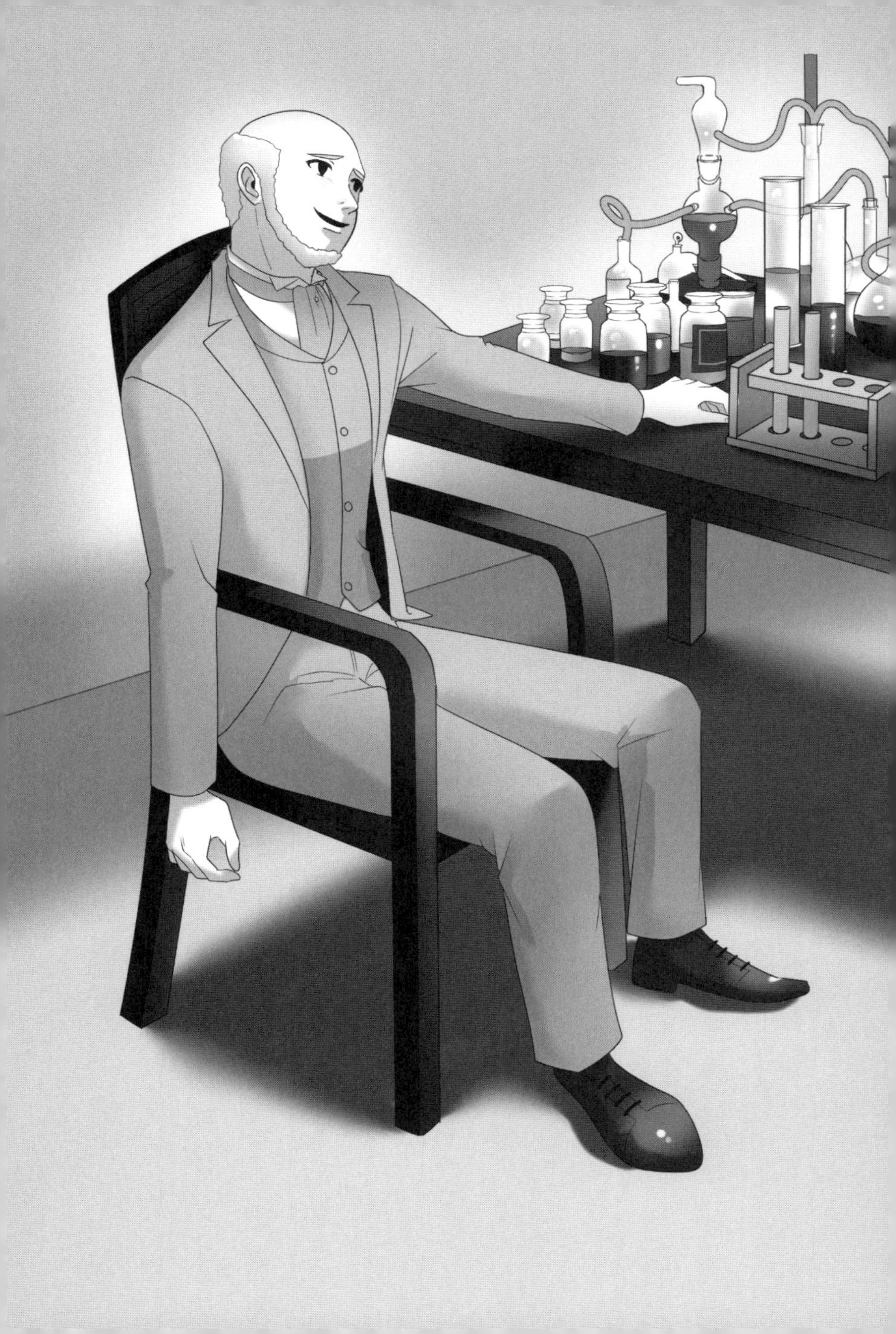

りつけたハンマーのような、きみょうな道具がひとつおいてあり、その横に、なにか走り書きしてある、一枚《まい》の紙切れがあった。

「ほら、見たまえ」

ランタンの光にかざして見ると、「四つのサイン」とあったので、わたしは思わず身ぶるいしてしまった。

「これはいったい、どういうことなのかい？」

「殺人《さつじん》を意味しているのさ」

かれは、死体の耳の上のひふに、とげのようなものがささっているのを指さした。

「とげのようだね」

「ぬいてみないか。注意して。毒《どく》がぬってある」

「ぼくには、すべてが不可解《ふかかい》な、なぞに見えるよ」

「いや、そうではない。あと二、三の行方不明の鎖《くさり》の輪さえわかれば、事件《じけん》のすべてがつかめる」

わたしたちの友人は、かん高い声をあげた。

「宝《たから》の箱が消えている！　あのあなから、わたしたちは宝《たから》の箱をおろしました。兄を最後に見たのは、わたしです。昨夜、ここで兄とわかれ、下へおりていくとき、兄がかぎをかける音が聞こえました」

「何時でしたか？」

「十時でした。それなのに、兄はこうして死んでいる。警察《けいさつ》がくれば、きっとわたしが疑《うたが》われるでしょう。あなた方が、まさかわたしが犯人《はんにん》だなどと思わないでしょうね？　ああ、なんということだ！」

かれは両腕《りょううで》をあらあらしくふり、両足をふみ鳴らした。

「ショルトーさん、ご心配はいりません」

ホームズは、いたわるようにいった。

「警察《けいさつ》へ馬車を走らせて、事件《じけん》を報告《ほうこく》するのです。お帰りになるまで、わたしたちは、ここでお待ちしていましょう」

第六章　シャーロック・ホームズの活やく

「ねえ、ワトスン、ぼくたちには三十分の時間がある。有効《ゆうこう》に使おう。事件《じけん》は単純《たんじゅん》に見えるが、底にはなにか、ふかいものがあるようだ」

「単純《たんじゅん》だって！」

わたしは大声をあげた。

「そのとおり」

かれは、臨床医学《りんしょういがく》の教授《きょうじゅ》が、学生に講義《こうぎ》するような態度《たいど》でいった。

「そこのすみに、すわっていてくれたまえ。きみの足あとで現場《げんば》をあらすといけない。第一に、犯人《はんにん》がどこから入ってきて、どこから出ていったのだろう。ドアは閉《と》じたままだ。窓《まど》のほうはどうだろうか？」

ホームズは、ひとりごとをいっているようだった。

「窓《まど》は、内側からかけ金がかかっている。近くに雨どいはない。屋根にはまったく手がとどかない。それなのに、だれか窓《まど》にのぼってきている。昨日の夜は、少し雨がふった。この窓《まど》のしきいに、どろの足あとがひとつ、ついている。そして、ここには丸いどろのあとがあって、ここの床《ゆか》にも、テーブルのそばにもついている。ワトスン、見たまえ。これは、かなりはっきりした証《しょう》拠《こ》だ」

わたしは、はっきりした丸いどろのあとを見た。

「これは、足あとではないね」

「義《ぎ》足《そく》だよ。金《きん》属《ぞく》製《せい》のかかとのついた重い靴《くつ》と、それにならんで、義《ぎ》足《そく》のあとがついている」

「義《ぎ》足《そく》の男だね」

「そのとおり。そして、男には、腕《うで》ききの相《あい》棒《ぼう》がいる。きみは、壁《かべ》をよじのぼれるかい？」

わたしは、窓《まど》から外を見た。月はまだ、建物の壁《へき》面《めん》を明るくてらしだしていた。地上から、たっぷり十八メートルはある。どこを見ても、れんがづくりの壁面《へきめん》には、足場もさけめもなかった。

「まったく不可能《ふかのう》だね」

「だが、上にいる相棒《あいぼう》がそこのすみにある、じょうぶなロープのはしを、壁《かべ》についているこの大きなかぎにむすんで、下へたらしたとする。運動神経《うんどうしんけい》の発達した男なら、義足《ぎそく》のままでも、よじのぼれると思うがね。入ったときと同じ方法で出ていき、相棒《あいぼう》がロープを引きあげて、かぎからはずし、窓《まど》を閉《し》め、中からかけ金をかけた。

この義足《ぎそく》の男は、よじのぼるのはうまいが、本物の船乗りではないね。ルーペで見ると、ロープのはしのほうに、何か所か血がついているのがわかる。いきおいよくロープをすべり落ちて、手の皮をすりむいたにちがいない」

「なるほど。しかしぼくにはますますわからなくなってきたよ。相棒《あいぼう》は、どうやって部屋へ入ったのかな？」

「そう、その相棒《あいぼう》だ。この男のために、事件《じけん》はなみなみならないことになっているのさ。おそらくこの男は、この国の犯罪史《はんざいし》に新たな地平をひらくこと

になるだろうね。これににた事件《じけん》は、インドと、ぼくの記憶《きおく》がまちがってい
なければ、セネガンビアでおこっている」

「それで、どうやって入ってきたかな？」

わたしは、くりかえしたずねた。

「ドアは閉《し》まっているし、窓《まど》からは入れない。えんとつからかい？」

「炉《ろ》が小さすぎて、ぬけられないよ」

「それなら、どうやって？」

「これまでにも、きみにいったと思うが、ありそうにないものを消して、残ったものが、たとえどんなにありそうでなくとも、それが真実にちがいない。犯人《はんにん》が入ったのは、ドアからでも、窓《まど》からでも、えんとつからでもないことがわかっている。部屋の中にかくれていたのでないことも明らかだ。かくれているのは不可能《ふかのう》だからね。それなら、どうやって入ったか？」

「屋根にある、あなから入ってきたのだ！」

「そう、そのとおり。宝《たから》が見つかったという、秘密《ひみつ》の部屋をしらべてみよう」

セネガンビア
西《にし》アフリカの地方《ちほう》名《めい》。セネガルとガンビアの両国《りょうこく》にまたがる地域《ちいき》。セネガル川《がわ》とガンビア川流域《がわりゅういき》の呼称《こしょう》。

ホームズは、はしごをのぼり、両手で天井のたる木につかまると、ひらりと屋根裏《やねうら》へとびのり、わたしがよじのぼるまで、ランタンの明かりをかざしてくれた。屋根裏部屋《やねうらべや》は、たて三メートル、横一・八メートルほどの広さで、屋根の内側を利用した天井は、ななめになっていた。家具はなく、ほこりが厚《あつ》くつもっていた。

「見たまえ。これが、屋根に通じる、はねあげ戸だよ。引きもどすと、ゆるやかな傾斜《けいしゃ》の屋根になる。ここから、第一の犯人《はんにん》が侵入《しんにゅう》したわけだ。犯人《はんにん》のとくちょうが、ほかにないか、しらべてみよう」

はだしの足あとが、床《ゆか》一面に残っていた。それは、ふつうのおとなの、半分の大きさもない足あとだった。

「ホームズ、子どもが、これほどだいたんなことをやったのだね」

「ぼくも、いささかおどろいた。しかし、ぼくには、はじめからわかっていた。ここには、参考になることは、もうなにもない。下へおりることにしよう」

「この足あとをきみは、どう考えるかね？」

わたしは、熱心にたずねた。

「ねえ、ワトスン、きみも少しは、自分で分析《ぶんせき》してみたらどうかな」

ホームズは、少しょういらいらしているようであった。

「ぼくには、なにも考えつかないよ」

「そのうちに、きみにもわかるよ。ここには、もう重要なことはないだろうが、いちおう見ておこう」

ポケットから、ルーペと巻尺《まきじゃく》をとりだすと、ホームズは床《ゆか》にひざまずいた。そして、とがった鼻を床《ゆか》にすりつけるように近づけながら、部屋の中をすばやく動きまわっていた。かれの動作は、まるで、よく訓練された警察犬《けいさつけん》のようだった。

かれが法を守るためでなく、ぎゃくに法をやぶるために、その能力《のうりょく》を使えば、おそろしい犯罪者《はんざいしゃ》になることだろう。ついに、かれは大きな歓声《かんせい》をあげた。

「ぼくたちは、ついてるね。これで事件《じけん》は、解決《かいけつ》したも同じだ。第一の犯人《はんにん》は、運悪く、クレオソートの中に足をいれてしまった。ここに小さな足あとが見える。ガラスびんがわれて、中身がもれている」

「それがどうしたというのかい」

と、わたしはたずねた。

「犯人《はんにん》がわかった、ということさ。ぼくは、このにおいを、地のはてまでも追跡《ついせき》できる犬を知っている。とくべつに訓練をうけた犬なら、この強いにおいを、どこまでも……。おやおや、警察《けいさつ》のお出ましのようだ」

大きな話し声が階下から聞こえたかと思うと、玄関《げんかん》の扉《とびら》が、いきおいよく閉《し》まった。

「連中がやってくる前に、死体の腕《うで》と足に、さわってみたまえ」

「筋肉《きんにく》が板のようだ」

「ふつうの死後硬直《しごこうちょく》とは、くらべものにならない。ゆがんだ顔、これがヒポクラテスのほほえみというものだね」

クレオソート
ブナ材《ざい》のタール部分《ぶぶん》を蒸留《じょうりゅう》してつくる油状《ゆじょう》の液体《えきたい》。殺菌力《さっきんりょく》が強《つよ》く、医薬品《いやくひん》、材木《ざいもく》の腐敗防《ふはいぼう》止《し》に使《つか》う。

ヒポクラテス
紀元前《きげんぜん》五〜四世紀《せいき》ごろのギリシアの医学《いがく》者《しゃ》。科学的《かがくてき》な医学《いがく》をうちたて「医学《いがく》の父《ちち》」といわれる。

「死因《しいん》は、なにか強力な、植物性《しょくぶつせい》アルカロイドだ」

と、わたしは答えた。

「筋肉《きんにく》に強いけいれんをひきおこす、ストリキニーネかなにかにた、毒物《どくぶつ》によるものだろうね」

「筋肉《きんにく》を見て、ぼくもそう思ったよ。そして、頭にとげが軽くうちこまれているのを発見した。男がいすにすわれば、頭はこの天井のあなのほうを向いていたはずだ。このとげを、よく見てごらん」

わたしは、用心深く、それを手にとると、ランタンにかざして見た。それは、長くてするどく、黒い色をしていて、先はゴムの液《えき》を乾燥《かんそう》させたように光っていた。

「イングランドでつくられたものだと思うかい？

そういうことは、ありえない。これだけデータがそろっていれば、きみも正しい推理《すいり》ができるだろう。さあ、ぼくたちは、このへんで引きあげることにしよう」

植物性《しょくぶつせい》アルカロイド
植物《しょくぶつ》にふくまれる、アルカリ性《せい》の強力《きょうりょく》な毒《どく》。薬《くすり》として使《つか》われる場合《ばあい》もある。ニコチン、モルヒネ、コカイン、キニーネなど。

こういっているところへ、グレイのスーツを着た、太めの男が、部屋に入ってきた。かれのあとには、制服《せいふく》の警部補《けいぶほ》ひとりと、いまだにふるえのとまらない、サディアス・ショルトーがしたがっていた。

「なるほど、これは大事件《じけん》！」

と、かれは、しわがれ声でいった。

「ここにいる人たちは、どなたかな？」

「おわすれとは思いませんが、アセルニー・ジョウンズさん」

と、ホームズはしずかにいった。

「もちろん、おぼえていますよ！」

と、かれはいった。

「理論家《りろん》の、シャーロック・ホームズさんですね。ビショップゲート宝石事件《ほうせきじけん》のおりには、あなたのおかげで、正しい捜査《そうさ》がはじめられました。しかし、まあ、あれは運がよかっただけですな」

「あの事件《じけん》は、ごく単純《たんじゅん》な推理《すいり》でした」

「ほう、そうですか。ところで、今回の事件《じけん》は、いかがですかな？　わたしは、べつの事件《じけん》で、ちょうどノーウッドにいあわせましてね。この男の死因《しいん》は、なんだと思いますか？」

「いや、これは、ぼくがとやかく、理論《りろん》づけするような事件《じけん》ではありません」

ホームズは、そっけなくいった。

「まあ、そうかもしれんが、ときにはあなたのいうことが、ずばりとあたることもあるのでね。おや、ドアにはかぎがかかっていたのだったな。時価《じか》五十万ポンドの宝石《ほうせき》がなくなったそうだが。窓《まど》はどうなっていましたか？」

「閉《し》まっていましたが、しきいに足あとが残っています」

「窓《まど》が閉《し》まっていたのなら、足あとは事件《じけん》とは無関係でしょう。発作で死ぬということもありますからね。なくなった宝石《ほうせき》はどうなったか。警部補《けいぶほ》とサディアスさん、ちょっと席をはずしてもらえますか。ホームズさんとお友だちは、そのままで。

ホームズさん、サディアスは、昨夜、兄といっしょでしたね。兄が発作で死んだので、サディアスが、宝物《たからもの》を運びさったのではないでしょうか」

「死人が立ちあがって、中からドアにかぎをかけたというわけですか？」

「うーん！　これはまずい。このサディアス・ショルトーが兄といっしょにいたこと、けんかがあったこと、この点ははっきりしている。兄が亡《な》くなり、宝石《ほうせき》もなくなった。サディアスが、兄のもとをさってから、兄の姿《すがた》を見た者は、だれもいない。サディアスは、ごらんのように、ひどくとりみだしている。わたしは、サディアスのまわりに、網《あみ》をはりめぐらしているわけです」

「まだ、事実をよく理解《りかい》しておられないようですな」

と、ホームズはいった。

「このとげのような木片《もくへん》には、まちがいなく毒《どく》がぬってあったと思われます。そして、これが男の頭にささっていた。そのあとも残っています。この紙切れのそばには、石をくくりつけた、きみょうな道具がありました。こういう点については、あなたの説だと、どうなりますかな？」

アセルニー・ジョウンズ警部《けいぶ》は、おうへいな口調でいった。

「この屋敷《やしき》には、インドからもちかえった、きみょうな品がたくさんあります。とげに毒《どく》がぬってあったというなら、サディアスがそれをもちだして凶《きょう》器《き》にしたとしても、いっこうにふしぎはありません。紙切れは、おそらく人目をごまかす細工でしょう。問題はただひとつ。どこからにげたかということです。ああ、屋根にあながあいているではありませんか」

そういうと、アセルニー・ジョウンズは、身軽にはしごをのぼり、屋根裏《やねうら》部屋《べや》へもぐりこんだ。

「やっこさんも、なにか見つけることもあるだろうさ。たまには、推理力《すいりりょく》がひらめくことが、あるらしいからね」

と、ホームズはいった。

「やっぱりだ！」

アセルニー・ジョウンズがさけんだ。

「事実は理論《りろん》にまさる。わたしの意見が正しいことが、証明《しょうめい》されました。屋根に通じるはねあげ戸があり、半開きになっている」

「あけたのは、わたしですよ」

「それでは、知っていたのですか？」

かれは、がっかりしたようだった。

「だれが見つけても、犯人《はんにん》のにげ道をしめしている。おい、巡査部長《じゅんさぶちょう》！」

「はい」

ろうかから声がした。

「サディアスさんをつれてきなさい——女王陛下《じょおうへいか》の名において、あなたを、兄殺《ごろ》しの犯人《はんにん》として、逮捕《たいほ》します」

「ああ、だからいったのですよ」

あわれな小男は、両手をさしだし、わたしたちをひとりずつ見ながら、さけんだ。

「ご心配にはおよびません、ショルトーさん」

ホームズはいった。

「あなたの無実は、わたしが証明《しょうめい》してさしあげます」

「大きなことは、いわないほうがいい」

警部《けいぶ》がさえぎった。

「ジョウンズさん、ぼくは、ショルトー氏の無実を証明《しょうめい》するばかりでなく、昨夜、この部屋に侵入《しんにゅう》した、ふたりの犯人《はんにん》のうちの、ひとりの名前とくちょうを教えてあげますよ。犯人《はんにん》の名は、ジョナサン・スモールであると、わたしは確信《かくしん》しています。

小柄《こがら》で、右足がなく、義足《ぎそく》をつけていますが、その内側はすりへっています。左足の靴《くつ》はつまさきが四角い。そまつな靴底《くつぞこ》で、かかとに鉄のびょうがうってあります。かれは中年で、日焼けしていて、囚人《しゅうじん》だったことがあります。かれの手のひらの皮が、かなりすりむけているということも、くわえておきましょう。もうひとりのほうは――」

「それで、もうひとりは?」

アセルニー・ジョウンズは、あざけるような声でいったが、内心は、ホームズのあげるとくちょうに、すっかりおどろいているようであった。

「少しょうきみょうな人物です。近いうちに、ふたりとも、あなたにご紹介《しょうかい》できるでしょう。ワトスン、ちょっと話がある」

かれは、階段《かいだん》の上へ、わたしをつれていった。

「ぼくたちは、ここへきたはじめの目的を、どうやらわすれてしまったようだ」

「モースタン嬢《じょう》を、いつまでもこのようなおそろしい屋敷《やしき》においておくのは、よくない」

「そう、きみはかのじょを家まで送っていきたまえ。ロウアー・カンバーウェルの、セシル・フォレスター夫人のところに住んでいる。ここから、それほど遠くはない。そして、きみがもう一度もどってくるのなら、ぼくはここで待っていよう。もう、つかれてしまったかね?」

「いや、だいじょうぶ。ことの真相がわからないうちは、とてもねる気にはなれないよ。思いもよらない怪事件《かいじけん》が、こうたてつづけにおこると、神経《しんけい》も、いいかげんまいってしまうよ。きみにつきあって、ぼくもぜひとも解決《かいけつ》を見とどけたいね」

「きみがいてくれると大いに助かる。ジョウンズのほうは、好きにさせて、勝手によろこばせておこう。モースタン嬢《じょう》を送りとどけたら、ランベス[*11]の川岸の近くにある、ピンチン・レイン三番にまわってもらいたい。右側の三軒《げん》めがシャーマンという鳥のはく製屋《せいや》だ。シャーマンじいさんをたたきおこして、ぼくの使いだといって、すぐにトビーを入用《いりよう》だと、つたえてくれたまえ」

「それは犬かい？」

「そう、じつにおどろくべき嗅覚《きゅうかく》の持ち主だ。ロンドンじゅうの警察官《けいさつかん》全員より、トビーの手助けがほしい」

「それでは、つれてこよう。今一時だ。三時までには、もどれるだろう」

「ぼくは、それまでに、バーンストンさんと、インド人の使用人から、なんでもできるだけ聞きだしておこう。『人は、自分の理解《りかい》できないことを、あざけるものだ』なんて、ゲーテは、いつでもうまいことをいうね」

ゲーテ
ヨハン・ヴォルフガング・フォン・ゲーテ（一七四九〜一八三二年《ねん》）。ドイツの詩人《しじん》、小説家《しょうせつか》、劇作家《げきさっか》。小説《しょうせつ》『若《わか》きウェルテルの悩《なや》み』が有名《ゆうめい》。

第七章　犯人《はんにん》をおうホームズ

警察《けいさつ》の馬車を借りて、わたしはモースタン嬢《じょう》を家まで送りとどけた。かのじょは、自分より弱い者をなぐさめていたあいだは、けなげにもおちつきはらって、みずからの悲しみにたえていた。しかし、馬車に乗ると、気を失いそうになったかと思うと、次にはげしく泣きはじめた。かのじょにとって、今夜の冒険《ぼうけん》は大きな試練であった。

その夜のわたしの態度《たいど》は、冷たくよそよそしかったと、かのじょは今でもいっている。わたしが、いっしょうけんめいに自分をおさえていたことに、かのじょは気づかなかったようだ。

わたしの愛と同情《どうじょう》は、かのじょによせられていた。しかし、わたしは、愛のことばを口にできなかった。かのじょは、身も心も、悲しみにひたっている。このようなときに求婚《きゅうこん》などすれば、相手の弱みにつけこんだことになる。

さらに、今やかのじょは、金持ちである。もし、ホームズの調査《ちょうさ》がうまく運べば、かのじょは、ばく大な遺産《いさん》の相続人になるかもしれないのだ。退職《たいしょく》年金《ねんきん》をうけている軍医の身で、偶然《ぐうぜん》えた機会を利用してしまって、よいものだろうか？

かのじょはわたしを、財産《ざいさん》めあての人物と思いはしないだろうか？　わたしは、かのじょにそう思われることが、がまんならなかった。アグラの財宝《ざいほう》は、わたしたちふたりのあいだの大きな壁《かべ》になっていた。

わたしたちがセシル・フォレスター夫人の屋敷《やしき》に着いたのは、夜中の二時近くであった。モースタン嬢《じょう》がうけとった、きみょうな手紙を気にかけて、フォレスター夫人は、かのじょの帰りを待っていた。やさしく手をさしのべて、慈愛深《じあいぶか》く、モースタン嬢《じょう》をむかえるのを見て、わたしはうれしかった。

フォレスター夫人は、中に入って、今夜の冒険談《ぼうけんだん》をぜひ聞かせてほしいと願ったが、わたしには、まだ大切な用事があることを話して、日をあらためて報告《ほうこく》にくることを約束した。

馬車を走らせながら、ちらりと後ろをふり向くと、ふたりの美しい姿《すがた》が、玄関《げんかん》口にあった。あの美しい姿《すがた》は、今もまだ、わたしの記憶《きおく》にしっかりと残っている。こうしたしずかな家庭を、ほんのひとときでも、かいまみることは、なんと心休まることだろうか。

わたしは、事件《じけん》の経過《けいか》を考えつつ、ガス灯にてらしだされた街路を、馬車にゆられていった。そして、今までの一連のできごとをふりかえってみた。モースタン大尉《たいい》の死、送られてきた真珠《しんじゅ》、広告文《こうこくぶん》、手紙。そしてしだいに、悲劇的《ひげきてき》ななぞへとみちびかれていった、インドの秘宝《ひほう》。モースタン大尉《たいい》の荷物の中にあった、なぞめいた図面。ショルトー少佐の臨《りん》終《じゅう》の際《さい》の、奇怪《きかい》な光景。財宝《ざいほう》の発見と、その直後におこった発見者の殺人事《さつじんじ》件《けん》。現場《げんば》に残された、きみょうな証拠《しょうこ》の数かず、足あと、おどろくべき武《ぶ》器《き》。モースタン大尉《たいい》の地図のことばとぴったりあう、紙切れに書かれたことば——。

これは、まったくの迷路《めいろ》である。もし、わが友、シャーロック・ホームズほどの才能《さいのう》をもちあわせていない者だったら、手がかりをさがすことは、とうの昔にあきらめていたであろう。

ピンチン・レインは、ランベスの低地帯にあり、貧弱《ひんじゃく》なれんがづくりの二階屋がならんでいた。三番の家の戸をたたきつづけると、やっと、二階の窓《まど》から顔がのぞいた。

「いいかげんにしないか、このよっぱらいめ！　これ以上さわぐと、犬小屋から、四十三びき、犬をひっぱりだして、けしかけるからな」

「一ぴきだけで、こちらは用がすむのだがね」

「うるさい！　ふくろの中の毒《どく》ヘビを、頭の上におみまいするぞ！」

「犬が入用《いりよう》なんだよ」

「うるさい。みっつかぞえたら、毒《どく》ヘビが落ちるぞ」

「シャーロック・ホームズさんが――」

と、わたしはいいかけた。このひとことは、魔法《まほう》のようなききめがあった。

毒《どく》ヘビ
原文《げんぶん》では「殺《ころ》し屋《や》」という意味《いみ》の単語《たんご》が使《つか》われているが、ここでは「毒《どく》ヘビ、マムシ」などをさすと思《おも》われる。

窓《まど》がいきおいよく閉《し》まると、すぐにかんぬきがはずされて、戸があいた。

「シャーロック・ホームズさんのお友だちでしたら、いつでも大歓迎《だいかんげい》だ。さあ、お入りなさいまし。アナグマに近づかないようになさいよ、かまれますからね。それはだいじょうぶ、ただのアシナシトカゲですから。部屋の中で、はなしがいにしてましてね。かぶと虫をとらせるんです。

先ほどは、ひどいことをいって、すまんねえ。近所のがきが、いたずらするのでね。おおぜいでやってきて、わしをたたきおこすんです。ところで、シャーロック・ホームズさんのご用は？」

「おたくの犬がほしいそうです」

「ああ、トビーのことでしょう」

「そう、トビーといっていました」

「トビーは、この左側の、七番めにいますよ」

かれは、きみょうな動物たちのあいだを、ろうそくをかざして、ゆっくり進んだ。トビーは毛の長い、耳のたれた犬で、スパニエルとラーチャーの血

アシナシトカゲ
ヘビににた毒《どく》のないトカゲ。

スパニエル
光沢《こうたく》のある長《なが》い毛《け》と、長《なが》くたれさがった耳《みみ》をもつ小型《こがた》、または中型《ちゅうがた》の犬《いぬ》。

ラーチャー
コリーとグレイハウンドの雑種《ざっしゅ》の犬《いぬ》。イングランドでもっともよく使《つか》われる猟犬《りょうけん》。

がまざり、色は茶と白のぶちだった。わたしが、シャーマンじいさんからもらった角ざとうをやると、犬はしばらくためらってから食べ、わたしのあとについて、馬車で行くことも、いやがらなかった。

ふたたびポンディシェリ荘《そう》にもどったとき、クリスタル・パレス*12の時計が、ちょうど三時をうった。

元ボクサーのマクマードは、共犯《きょうはん》として逮捕《たいほ》され、ショルトー氏とともに、警察署《けいさつしょ》へつれていかれたことがわかった。ふたりの警察官《けいさつかん》が門を警備《けいび》していたが、わたしがホームズの名をつげると、犬ともども、中へ通してくれた。

ホームズが、両手をポケットにいれ、パイプをふかしながら、戸口に立っていた。

「やあ、つれてきてくれたね！　よしよし、いい子だ。

アセルニー・ジョウンズはいないよ。きみが出ていってから、ちょっとした騒動《そうどう》があってね。かれはサディアスばかりか、門番、家政婦《かせいふ》、それにインド人の使用人まで、つれていってしまったんだ。二階には巡査部長《じゅんさぶちょう》がいるから、現場《げんば》で勝手なことはできない。犬をここへおいて、ついてきてくれたまえ」

トビーを居間《いま》のテーブルにつなぐと、わたしたちは、ふたたび二階へあがった。遺体《いたい》には、白い布《ぬの》がかけられていた。

「部長、ちょっとランタンを借りますよ。ワトスン、ランタンを前にさげられるように、ぼくの首のまわりに、このひもでむすんでくれたまえ。ありがとう。そして、このハンカチを、クレオソートにひたして、それから、ぼくのあとについて、ちょっと屋根裏部屋《やねうらべや》まで、あがってくれたまえ」

わたしたちは、あなからよじのぼった。

「この足あとを、よく見ておいてほしい」

「子どもか、小柄《こがら》な女のものだね」

「いや、大きさはべつにして、ほかになにか、気がつかないかい？」

「ふつうの足あとと、かわらないように思うが」

「いや、ちがう」

「きみの足の指は、ひとかたまりになっているね。こちらは、足の指が、一本一本はなれている」

「それが大切なのさ。よくおぼえておくといい。材木のはしの部分の、においをかいでみてくれないかい。ぼくは、手にハンカチをもっているから、ここにいるよ」

　強いクレオソートのにおいが、わたしの鼻をついた。

「そこが、犯人《はんにん》が出ていくときに、足をかけたところなのだよ。トビーなら、わけないさ。犬をはなし、あとはサーカスの名人、ブロンダン顔まけの演技《えんぎ》を、ごらんいただくとしよう」

　わたしが下におりたとき、ホームズは屋根にのぼっていた。えんとつの後ろに一度はかくれ、またあらわれ、そして次に、もう一度向こう側に消えた。わたしが反対側へまわると、かれが、かどのひさしのところにすわっているのが見えた。

ブロンダン
シャルル・ブロンダン（一八二四～一八九七年《ねん》）。フランスの有名《ゆうめい》な軽業師《かるわざし》。ナイアガラの滝《たき》の上《うえ》を綱渡《つなわた》りでわたって、世界《せかい》じゅうをおどろかせた。

「ワトスン、そこにある、黒いものはなにかい？」

「水だるだ」

「ふたはあるかい？」

「ある」

「はしごは見あたらないかい？」

「ないよ」

「なんとしたことだ！　しかし、敵《てき》がのぼった場所なのだから、ぼくにもおりられるはずだ。とにかく、行くよ」

やがてホームズは、身軽にたるにとびうつり着地した。

「あとをたどるのは、かんたんだったよ。かわらがゆるんでいたからね。やつは、あわてて、これを落としていったよ」

かれがさしだしたものは、染色《せんしょく》した草を織《お》った小さなふくろで、ビーズかざりがついていた。シガレットケースににていなくもなかった。黒い木でつくった、とげのようなものが半ダース入っていた。バーソロミュー・ショルトーの頭にささっていたとげと同様に、一方の先がとがっていて、もう片方《かたほう》は丸みをおびていた。

「ぶっそうなものだよ。けがをしないように、気をつけて。ところでワトスン、これから、十キロメートルほどの遠足に出かけようと思うが、きみはどうかな？」

「いいね」

と、わたしは答えた。

「足のほうは、だいじょうぶかい？」

「だいじょうぶさ」

「そらそら、トビー、このにおいをかいでごらん！」

かれは、クレオソートにひたしたハンカチを、犬の鼻先へもっていった。犬は、足を広げてふんばり、ユーモラスに頭を少しかたむけた。そして、すぐに鼻を地面につけると、走りはじめた。ひもをぴんとひっぱって走る犬の速さに、わたしたちは必死であとをおうこととなった。

東の空は白みかけ、かなり遠くまで見通せるようになっていた。わたしたちは庭を横切り、どんどん進んでいった。

境《さかい》のへいにぶつかると、トビーは、鼻をクンクンと鳴らした。そして、ブナの若木《わかぎ》におおわれているすみで立ちどまった。へいのつなぎめの部分のれんがが、いくつかはずしてあり、ここが、たびたびはしごがわりに使われていたようだった。ホームズは、そこによじのぼり、わたしから犬をうけとると、反対側へおろした。

「ここに、義足《ぎそく》の男の手のあとがある。白いしっくいの上に、かすかな血のあとがついているのが見える。昨日から、たいした雨がふらなくて、助かったね。やつらが、二十八時間前に、ここを通ったとしても、まだ道に、においが残っているはずだ」

ロンドンの道を行き来したであろう、多くの交通量を考えると、わたしは不安に思えた。ところがトビーは、なんのためらいも見せず、ぐいぐいとひもをひっぱり、前進していった。

「犯人《はんにん》のひとりが化学薬品の中に足をつっこんだという偶然《ぐうぜん》が、この事件《じけん》の解決《かいけつ》のかぎだなどとは、思わないでくれたまえよ。ほかにも、方法はいろいろとあるが、これがいちばん手軽だということさ。こういう見えすいた手がかりがなかったら、ぼくも、もう少し面目をほどこすことになったはずだ」

「いや、面目は十分にほどこしているよ。きみがこの事件《じけん》の糸口を見つけだしていく方法を見ていると、ぼくはジェファスン・ホープの事件《じけん》のときよりも、さらに感心してしまうよ。ぼくには、この事件《じけん》のほうが奥《おく》が深く、ふしぎに思える。きみは、どうして義足《ぎそく》の男のとくちょうを、あれほど自信ありげにいえるのかい？」

「単純《たんじゅん》なことさ。すべて、はっきりしているよ。四人警備隊《しゅうじんけいびたい》を指揮《しき》する、ふたりの士官《しかん》が、かくされた宝物《たからもの》に関する、重大な秘密《ひみつ》を知った。イングランド人のジョナサン・スモールが、地図を書いた。モースタン大尉《たいい》がもっていた地図に、かれの名があったのを、きみはおぼえているだろう。かれは、それにサインした。いささかドラマチックにするために、『四つのサイン』と書いたわけだ。この地図のおかげで、士官《しかん》たち、またはそのうちのひとりが宝物《たからもの》を手にいれ、イングランドへもちかえった。おそらく、宝物《もの》を手にいれたときの、約束をはたさずにだ。

ジョナサン・スモールは、なぜ自分で財宝《ざいほう》を手にいれなかったのか。答えはかんたんさ。地図は、モースタンが、囚人《しゅうじん》たちと親密な関係になってからのものだ。つまり、ジョナサン・スモールが、自分で宝《たから》をさがしださなかったのは、囚人《しゅうじん》の身で、その場を出ることができなかったからなのだ」

「しかし、それはたんなる推測《すいそく》だろう?」

「いや、推測《すいそく》以上のものだ。ショルトー少佐は、手にいれた財宝《ざいほう》に満足し、平和な生活を送っていたが、インドから一通の手紙がくると、ひどくおびえていたではないか」

「かれに裏切《うらぎ》られた連中が、釈放《しゃくほう》されたという手紙だったわけか」

「または、脱走《だっそう》したかだ。かれらの刑期《けいき》は知っていたはずだからね。そこで、義足《ぎそく》の男を、異常《いじょう》なまでに警戒《けいかい》するようになった。白人の商人を、その男とかんちがいしてピストルでうってしてしまったほどだからね。地図にサインがあった名のうちで、白人のものはひとつだけ。あとはインド人か回教徒《かいきょうと》だ。だから、義足《ぎそく》の男の名は、ジョナサン・スモールだと、ぼくは確信《かくしん》したのさ。ここまではわかるだろう」

「ひじょうによくわかるよ」

「それでは次に、ジョナサン・スモールの身になったつもりで考えてみようか。かれは、自分の権利《けんり》分をとりもどし、自分を裏切《うらぎ》った男に復讐《ふくしゅう》しようと、イングランドへやってきた。かれは、ショルトー少佐の居場所《いばしょ》をつきとめると、おそらく使用人《しようにん》のひとりに、わたりをつけたのだろう。それは、ラル・ラオという執事《しつじ》だ。バーンストン夫人によると、かれはたちの悪い男だったそうだよ。

スモールには、宝《たから》のありかがわからない。少佐と、死んだ忠実《ちゅうじつ》な使用人の執事《しつじ》のほかは、だれも知らなかったわけだからね。ところが、スモールは、少佐が臨終《りんじゅう》の床《とこ》にあることを知った。そこでかれは、危険《きけん》をおかして、ひん

回教徒《かいきょうと》　マホメットの説《と》く、唯一《ゆいいつ》の神《かみ》アラーを信仰《しんこう》する人《ひと》。イスラム教《きょう》徒《と》。

執事《しつじ》　家事《かじ》に従事《じゅうじ》する使用《しよう》人《にん》の上級職《じょうきゅうしょく》。使用人《しようにん》たちの監督《かんとく》がおもな仕《し》事《ごと》。

死の少佐の部屋の窓《まど》に近づいた。しかし、息子ふたりがつききりで、中へ入れない。

かれはその夜、部屋に侵入《しんにゅう》し、宝物《たからもの》に関するメモでもないかと、書類をひっかきまわし、自分がきたことを知らせる記念のメモを残した。前まえから、なにか書きのこそうと思っていたのだろうね。こういうやり方は、犯罪史上《はんざいしじょう》では、さしてめずらしくはないよ。そして、それがしばしば、犯人《はんにん》のわりだしに役立つのさ」

「とてもよくわかった」

「ジョナサン・スモールは、息子たちが宝《たから》をさがしだすのを待つしかない。おそらくかれは、イングランドをさり、ときどきようすを見に、帰国していたのだろう。そして、屋根裏部屋《やねうらべや》から宝《たから》が発見されると、すぐにかれはそれを知った。ここからも、屋敷内《やしきない》に手引きした者がいたことがわかるわけさ。

義足《ぎそく》のジョナサンにとって、バーソロミュー・ショルトーの高い部屋にたどりつくのは、まったく不可能《ふかのう》だ。かれは、きみょうな仲間をつれていき、その仲間が手助けしたが、はだしの足をクレオソートの中につっこんでしまう。そこでトビーが登場し、アキレスけんを少しょういためた退役軍医《たいえきぐんい》さまが、十キロメートルの追跡《ついせき》をなさるというわけだ」

「すると、犯行《はんこう》は、ジョナサンではなくて、その仲間によるものなのだね」

「そう、そのとおり。ジョナサン・スモールは、バーソロミュー・ショルトーをしばりあげて、さるぐつわをかけておくだけにしたかったはずだ。かれだって、自分がしばり首にされるのは、こわいからね。ところが、仲間のほうがざんこくで、かれが部屋に入ったときには、とげにぬった毒《どく》は、すでにまわってしまっていた。ジョナサン・スモールは、あの紙切れを残すと、財宝《ざいほう》を下へおろして、もちさったというわけだ。

ここまでが、ぼくがといた事件《じけん》のあらましだ。スモールは、中年の男で、アンダマン諸島《しょとう》のような、あついところで服役していたのだから、日焼けしているにちがいない。身長は歩幅《ほはば》からわかる。ひげをはやしていることもわかっている。サディアス・ショルトーが、窓《まど》ごしにかれを見たとき、毛むくじゃらの顔だといっていたからね」

「仲間のほうは？」

「それは、たいしたなぞではない。もうすぐ、きみにもわかるさ。朝の空気は、なんとさわやかなのだろう！　ほら、見たまえ。あの小さな雲は、まるで大きなフラミンゴが、ピンク色の羽根を広げているようだ。ぼくたちは、雄大《ゆうだい》な自然の前では、なんと小さな存在《そんざい》だろう。きみはジャン・パウルにくわしいかい？」

「まあ、いちおうね」

「かれは、ちょっと見るときみょうに思えるが、なかなか深遠なことをいっているね。人間のほんとうの偉大《いだい》さは、自分が無力な存在《そんざい》であると、さとることだといっている。きみは、ピストルはもってきていないね？」

「ステッキがあるさ」

「一味のアジトにふみこむには、武器《ぶき》が入用《いりよう》になるかもしれない」

そういうと、ホームズはピストルをとりだし、弾倉《だんそう》に二発、弾《たま》をこめると、

ジャン・パウル
ジャン・パウル・フリードリッヒ・リヒター（一七六三～一八二五年《ねん》）。十九世紀《せいき》にたいへん人気《にんき》の高《たか》かったドイツの作家《さっか》。

上着の右ポケットにいれた。

　わたしたちは、トビーに引かれて、郊外住宅《こうがいじゅうたく》のならんでいる、都心へとつづく町はずれの道を進んだ。すでに、労働者《ろうどうしゃ》や沖仲士《おきなかし》たちは、おきだしていた。

　四角い屋根の、かどのパブは、店をあけたばかりで、いかつい顔の男たちが、朝の一ぱいをひっかけたあと、そで口でひげをぬぐいながら出ていくところだった。かれらは、見なれない犬に引かれてやってきた、わたしたちの姿《すがた》を、ふしんそうにながめていた。

　トビーは、わき目もふらないで地面に鼻をすりつけ、クンクンと鳴らしながら、ぐんぐん進んだ。

　わたしたちは、ストレタム[*13]、ブリクストン、カンバーウェルを通りすぎ、オーヴァル競技場《きょうぎじょう》[*14]の東側にあるわき道をぬけて、ケニントン・レインへと出た。犯人《はんにん》は、おそらく人目につかないように、わざとくねくねと道を進んだようであった。ケニントン・レインのはしから左に入り、ボンド街をぬけて、

沖仲士《おきなかし》　港《みなと》で荷物《にもつ》のつみおろしなどの仕事《しごと》をする人《ひと》。

マイルズ街へと出た。

ところが、ナイツ・プレイスあたりで、トビーは前に進むのをやめると、一方の耳を立て、片方《かたほう》をたらしながら、行ったりきたりしはじめた。そして、同じところを、くるくるとまわりはじめてしまった。

「どうしたのだろう？　まさか、ここから馬車をつかまえるか、気球にでも乗っていったわけでもあるまいに」

「しばらく、ここで立ちどまっていたのだろうね」

「あっ！　しめた。また歩きはじめた」

犬は、あたりをかぎまわったあと、とつぜん、これまでにないほど速く、しっかりとした足どりで進みはじめた。ホームズの目のかがやきを見て、わたしは、目的地が近いと思った。

わたしたちは、ナイン・エルムズを通りぬけ、ホワイト・イーグルパブのすぐ先にあるブロデリック・アンド・ネルソン会社の、大きな材木おき場へとたどりついた。犬は、おがくずとかんなくずの中を走り、路地をぬけ、通路をまがり、つみあげた材木のあいだを、ぬうように走った。そして、ついに勝ちほこったように鳴いたかと思うと、手おし車に乗っていた、大きなたるにとびのった。

トビーは、たるの上に立つと、ごほうびをほしそうに、わたしたちふたりをじっと見た。たるの板と手おし車の車輪には、黒い液体《えきたい》がこびりついていて、あたりにはクレオソートのにおいがたちこめていた。

ホームズとわたしは、あっけにとられ、顔を見あわせた。そして、ふたりとも、あまりのことにこらえきれず、笑いだしてしまった。

第八章　ベイカー街遊撃隊《ゆうげきたい》の活やく

「なんということだ。トビーの鼻も役立たずか」

「いや、よくがんばったさ」

ホームズはそういうと、犬をたるからおろし、材木おき場の外へつれていった。

「ロンドンでは、一日に、どれほどのクレオソートが運ばれているかを考えれば、ぼくたちのおいかけているにおいが消えてしまったとしても、さしたるふしぎはないよ。トビーのせいではないさ」

「それでは、もう一回、元のにおいまで、もどらないといけないだろうね」

「そう。さいわいなことに、そう遠くまでもどる必要はない。犬がナイツ・プレイスでまよっていたのは、きっと、においが二方向についていたからだ」

まちがったところまで、トビーをつれていくと、大きく円をえがいてかぎまわっていたが、やがて新しい方向に向かって走りだした。

「あの、クレオソートのたるが、以前おいてあったところへ、つれていかれないように、気をつけなければいけないよ」

と、わたしはいった。

「見たまえ、ずっと歩道を行く。きっと、正しいにおいをかぎわけたのだよ」

道はベルモント・プレイスとプリンス街をぬけ、川岸へと向かっていった。やがて、ブロード街のはしで、川岸につきあたった。そこには、木の小さいさん橋があった。トビーは、そのさん橋の先まで行くと、暗い川の流れを見ながら、鼻を鳴らした。

「ついていないね。やつらは、ここから舟《ふね》に乗ったのだ」

川岸には、小舟《こぶね》が何そうかつないであった。トビーに小舟《こぶね》を一そうずつしらべさせたが、なんの合図もしなかった。

さん橋の近くに、れんがづくりの小屋があり、木製《もくせい》の看板《かんばん》に大きな文字で「モーディカイ・スミス」とあり、その下に「貸《か》し船《ぶね》、時間貸《じかんが》し、日貸《ひが》し」

さん橋《ばし》　船《ふね》の荷物《にもつ》のあげおろしのために、海《うみ》や川《かわ》に床面《ゆかめん》をつきだしてつくった船着《ふなつ》き場《ば》のこと。

という文字があった。戸口の上の、もうひとつの看板《かんばん》には、蒸気《じょうき》ランチもあると書いてある。よく見ると、さん橋にコークスが山づみになっている。ホームズは、あたりをゆっくり見まわした。

「まずいね。連中は、思ったより、ぬけ目がないようだ」

わたしたちが、戸口のほうへ行こうとすると、とつぜんドアがあいて、六歳《さい》くらいの子どもがとびだしてきた。そして、そのあとから、小ぶとりの赤ら顔の女が、大きな海綿《かいめん》を右手にもって、おいかけてきた。

「おとなしくあらわせなよ、ジャック。父ちゃんが帰ってきて、そんなにきたないのを見たら、ふたりともしかられるからね」

「やあ、ぼうや！　いい子だね。ぼうやのほしいものは？」

「一シリングさ」

「それよりすきなものは？」

「二シリングだい」

子どもは、しばらく考えてから答えた。

蒸気《じょうき》ランチ　小型《こがた》の蒸気船《じょうきせん》のこと。

コークス　石炭《せきたん》を蒸《む》し焼《や》きにして、ガスをとったあとに残《のこ》るもの。火力《かりょく》が強《つよ》く、煙《けむり》が出《で》ないので、燃料《ねんりょう》として使《つか》われる。

一シリング　現在《げんざい》の日本《にほん》の諸物価《しょぶっか》をもとに考《かんが》えると、当《とう》時《じ》の一シリングは約《やく》千二百円《えん》に相当《そうとう》する。

「ほら、あげるよ！　元気なおぼっちゃんですな、おかみさん」

「きかないったらないんですよ。亭主《ていしゅ》が、いく日も留守《るす》にするときなんて、まったくお手あげです」

「お留守《るす》ですって？　それはこまった。スミスさんに用があって、おじゃましたのに」

「昨日の朝、出かけたきりで、心配してたところです。船のことだったら、わたしにもわかりますよ」

「ランチを貸《か》してほしかったのですがね」

「うちの亭主《ていしゅ》が、乗っていっちまったんですよ。ウーリッジあたりを、往復《おうふく》するくらいの石炭しか、つんでないはずですよ。仕事で、グレイブズエンド[*15]まで行くこともありますがね。仕事が多いときには、とまってくることもありますよ。でも、蒸気船《じょうきせん》じゃ石炭がなけりゃ、どうしようもありません」

「川下の船着場で、買っているかもしれないでしょう」

「うちの亭主《ていしゅ》は、あそこでは買いませんよ。はんぱな二、三ふくろを、ふっ

ウーリッジ　ロンドン南東部《なんとうぶ》の地《ち》区《く》。軍事施設《ぐんじしせつ》が多《おお》い。

かけた値《ね》にすると、よくおこっていましたからね。それに、あの義足《ぎそく》の男ときたら、おうへいな口のききようで、まったくいやなやつですよ」

「義足《ぎそく》の男だって？」

「色の黒い顔の男で、何回かたずねてきましたよ。ゆうべ亭主《ていしゅ》をおこしたのも、そいつでね。うちの亭主《ていしゅ》は、やつがくるのを知ってたんですよ。ランチを出す用意をしていましたからね」

「おかみさん、ゆうべきたのが義足《ぎそく》の男だと、どうしてわかったのですか？」

「あの声ですよ。すぐわかりますよ。窓《まど》をたたいて、あれは三時ごろだったかね。

『おい、おきろ』とどなるのです。『そろそろ出かける時刻《じこく》だ』って。亭主《ていしゅ》は、長男のジムをおこして、なにもいわずに出かけていきました」

「義足《ぎそく》の男ひとりでしたか？」

「ほかには、だれかいるような気はしなかったね」

「いや、残念ですな。おかみさん。ぼくはランチが借りたかったのに。あの船の評判《ひょうばん》は、よく知ってますよ。あれは、なんていう名だったかな？」

「オーロラ号ですよ」

「ああ、緑の地に、黄色の線が入っている、古い船で、幅《はば》が広かった？」

「いいや、そんじょそこらに、そうあるもんじゃない、りっぱな船でね。最近ぬりかえて、黒に赤い線が二本入ってますよ」

「ご主人のスミスさんから早く連絡《れんらく》があるといいね。とちゅうでオーロラ号に会ったら、おかみさんが心配していたって、いっておきますよ。あ、それで、えんとつは黒だったね？」

「いいや、黒に白線が一本ですよ」

「ああ、そうだった。黒いのは船体だったね。じゃあスミスさん、ごきげんよう。あそこにわたし船があるよ。あれで向こう岸へわたることにしよう。

ああいう連中から聞きだすときはね、なにかだいじなことを聞きたがってると、絶対《ぜったい》にさとらせないことさ。まあ、聞きたくないことをいやいや聞いているようなそぶりをすると、おおかたは聞きだせるのさ」

「ぼくたちの方向は、かなりはっきり見えてきたようだね」

と、わたしはいった。

「きみならどうする？」

「ランチを借りて、オーロラ号を追跡《ついせき》するよ」

「それは大がかりな仕事だ。船は、ここからグリニッジ[*16]までの両岸に、いくつもあるさん橋の、どれによったのか、わからないのだよ。橋の下流数キロにわたって、迷路《めいろ》のように船着場がいりくんでいる。全部をさがしていたら、何日もかかってしまう」

「警察《けいさつ》にたのんだらどうかい」

「いや。アセルニー・ジョウンズにご登場願うのは、いちばん最後のしゅんかんだけにしたいね。ここまで、ぼくたちでやってきたのだから、解決《かいけつ》まで、ぼくたちの手だけでこぎつけたい」

「新聞に、広告《こうこく》を出してみたらどうかい？」

「それは、もっとまずい！　追手がせまっているのを知って、連中は外国へにげてしまう。外国へにげる可能性《かのうせい》は大きい。きっと、ジョウンズの活やくが、ぼくたちの役に立つよ。かれの意見はきっと新聞に出るだろう。そうすれば、連中は、警察《けいさつ》がまったくちがう方向の捜査《そうさ》をしていると、安心するはずだ」

「それで、ぼくたちは、これからどうするのだい？」

ミルバンク監獄《かんごく》の近くの岸に着いたとき、わたしはたずねた。

「まずは、二輪馬車に乗って家にもどり、朝食をとって、一時間ほどねるとしよう。また今夜もねられないことになりそうだからね。

御者《ぎょしゃ》さん、電報局《でんぽうきょく》でとめてくれたまえ。トビーは、ぼくたちのところへおいておこう。まだ役に立ちそうだからね」

グレート・ピーター街の郵便局《ゆうびんきょく》で馬車をおりると、ホームズは電報《でんぽう》をうった。

「だれにうったと思う？」

「わからないね」

ミルバンク監獄《かんごく》
円形《えんけい》の大《おお》きな刑務所《けいむしょ》。一八九〇年《ねん》にはとりこわされ、その跡地《あとち》にはテイト・ギャラリーがたてられた。

「きみは、ベイカー街遊撃隊《ゆうげきたい》のことをおぼえているだろう。ジェファスン・ホープ事件《じけん》でやとった仲間さ」

「ああ」

「これは、とくにあの仲間たちが役に立つのさ。電報《でんぽう》は、ちびっ子隊長《たいちょう》のウィギンズあてさ。ぼくたちが朝食を終えるころには、かれとその一行があつまってくるはずだ」

時刻《じこく》は、八時と九時のあいだ。わたしの頭は、すでにもうろうとし、疲労《ひろう》しきって、気力もまったくうせてしまっていた。バーソロミュー・ショルトーの殺害《さつがい》に関しては、わたしは犯人《はんにん》たちに、敵意《てきい》を感じなかった。しかし、財宝《ざいほう》については、話はべつである。少なくとも、その財宝《ざいほう》の一部は、モースタン嬢《じょう》が所有すべきものなのだ。それをとりもどすためになら、わたしは命もささげる覚悟《かくご》である。

宝《たから》が発見されれば、かのじょは永遠《えいえん》に、わたしの手のとどかない存在《そんざい》となってしまうだろう。しかし、そのような考え方をするのは、自分の身勝手とい

ベイカー街遊撃隊《ゆうげきたい》　Baker Street Irregulars. 略称《りゃくしょう》BSI。アメリカのシャーロック・ホームズ団体《だんたい》の名称《しょう》にもなっている。

うもので、わたしは、財宝《ざいほう》の発見に、全力をそそがねばならないのだ。

ベイカー街に帰り、風呂《ふろ》をあびると、気分はさわやかになった。下の部屋へおりると、朝食の用意がととのい、ホームズがコーヒーをそそいでいるところだった。

「これさ」

かれは笑いながら、新聞を指さしていった。

あのジョウンズと新聞記者とで、事件《じけん》をつくりあげてくれたよ。きみは、事件《じけん》の話は、もううんざりだろうね。まずは、ハム・エッグでも食べたらどうかな」

かれから新聞をうけとり、「アッパー・ノーウッドの怪事件《かいじけん》」と題した、『スタンダード』紙の短い記事を読んだ。

昨夜、十二時ごろ、アッパー・ノーウッドにあるポンディシェリ荘《そう》の、バーソロミュー・ショルトー氏が、自室で死体となっているのが発見された。また、故人《こじん》が父親から相続した、高価《こうか》なインドの宝石類《ほうせきるい》がもちさられていた。

警察探偵局名刑事《けいさつたんていきょくめいけいじ》のアセルニー・ジョウンズ氏は、事件《じけん》発生後三十分以内に現場《げんば》に急行し、ただちに弟のサディアス・ショルトー氏をはじめ、家政婦《かせいふ》のバーンストン夫人、インド人の執事《しつじ》ラル・ラオ、門番のマクマードらの逮捕《たいほ》にこぎつけた。

犯人《はんにん》は、内部の事情《じじょう》にくわしい者にまちがいない。犯人《はんにん》たちは、建物の屋根づたいに、はねあげ戸から、死体のあった部屋に入ったものと断定《だんてい》される。敏速《びんそく》な解決《かいけつ》は、ベテランのジョウンズ氏におうところが大きい。


「たいしたものだね！」

「ご感想はどうかな？」

ホームズは、コーヒーをすすりながらたずねた。

「ぼくたちも、あやうく逮捕《たいほ》されるところだったね」

「そう。あのちょうしでは、こちらの身もあやういね」

このとき、ベルが大きく鳴った。

「ほんとうに、追手がきたようだ」

「いや、あれはベイカー街遊撃隊《ゆうげきたい》さ」

とつぜん、十二人ほどのホームレスの少年たちが入ってきた。そして、すぐにわたしたちのほうを向いて、一列に整列した。中でも、ひときわ背《せ》の高い少年が一歩前へ出た。

「電報《でんぽう》をもらいましたので、すぐに仲間をつれてきました。切符代《きっぷだい》が三シリングと六ペンスです」

ホームズは、ポケットから銀貨をとりだしながらいった。

「ウィギンズ、次からは、ぼくのところへ報告《ほうこく》にくるのは、きみだけでいいよ。だが、せっかくきたのだから、今回はきみたちみんなに指示《しじ》をあたえておこう。オーロラ号という、ランチのありかをさがしてほしいのだ。船主の

名は、モーディカイ・スミス。船体は、黒に赤い線が二本入っていて、えんとつは、黒に白い線が一本だ。テムズ川下流のどこかにあるはずだ。ミルバンクの対岸にある、モーディカイ・スミスのさん橋を見はっていて、船がもどってきたら、知らせてほしい。ほかの者はふた手にわかれて、両岸をくまなくさがしてくれ」

「はい、わかりました」

と、ウィギンズは答えた。

「報酬《ほうしゅう》は、これまでと同じ。船を見つけた者には、さらに一ギニー。これが一日分の前ばらいだ」

ホームズが、全員に一シリングずつをあたえると、かれらはすぐに通りへとくりだしていった。

「きっと見つけだしてくれるさ」

ホームズは、テーブルをはなれて、パイプに火をつけながらいった。

「あの子たちはどこにでも行けるし、なんでも見つけられる。だれの話でも聞くことができる。夕方には、見つけたといってくるといいのだが。ぼくたちは、ただ待つしかない」

「トビーには、朝食の残りをやっておこうか。ホームズ、きみはひと休みするかい？」

「いや、ぼくはつかれていない。ぼくは、じつにふしぎな体質《たいしつ》をしているのさ。なにもしないでいると、くたびれてしまうけれど、仕事でつかれることなどないのさ。これから、事件《じけん》について考えてみたい。

世の中に、かんたんな事件《じけん》があるとすれば、それはまさにこれだよ。義足《ぎそく》の男も、めったにはいないけれど、その相棒《あいぼう》も、じつにめずらしいからね」

「また、相棒《あいぼう》の話かい！」

「さあ、データにあたってみようか。小さい足あと、靴《くつ》をはいたことのない足、先に石をつけたハンマー、すばやい動作、小さな毒矢《どくや》」

「きっと、ジョナサン・スモールの仲間のインド人のひとりだろう」

「いや、ちがう。かわった武器《ぶき》を見たとき、ぼくもいっしゅんそう思ったが、あの足あとを見て、考えをかえたのさ。インド半島の先住民の中には小柄《こがら》な人種もいるが、ああいう足あとではない。小さな矢を飛ばす方法は、ただひとつ。吹《ふ》き矢《や》だよ。とすると？」

「南アメリカかな」

わたしは、口から出まかせをいった。

ホームズは、たなから厚《あつ》い本をとりだすと、いった。

「これは、刊行中《かんこうちゅう》の地名辞典の第《だい》一巻《かん》だ。最新の情報《じょうほう》として、たよりになる。『アンダマン諸島《しょとう》。スマトラの北方、五百四十四キロメートル、ベンガル湾《わん》内《ない》』か。

それで、なんだって？　気候は多湿《たしつ》。さんごしょう、サメ、ポートブレア、流刑囚人収容所《るけいしゅうじんしゅうようじょ》、ラトランド島か。あっ、あった！

『アンダマン諸島《しょとう》の原住民は、おそらく地上でもっとも背《せ》が低い人種で、身長は平均《へいきん》百二十センチメートル未満。成人でも、それ以下の者もいる。気性《きしょう》があらく、気むずかしい性格《せいかく》だが、いったん信頼《しんらい》されれば、献身的《けんしんてき》な友情《ゆうじょう》を

ポートブレア
ここには港湾施設《こうわんしせつ》があり、インド本土《ほんど》とアンダマン諸島《しょとう》を結《むす》ぶ海上《かいじょう》ルートの起点《きてん》となっている。

ラトランド島《とう》
アンダマン諸島《しょとう》の中核《ちゅうかく》となっている五つの島《しま》のうち最南端《さいなんたん》にある小《ちい》さい島《しま》。

えられる』

　ここからが、大切なところだよ、ワトスン。

『手足は、おどろくほど小さい。かれらを懐柔《かいじゅう》しようとする政府《せいふ》のこころみは、むだとなっている。かれらは、先に石をつけたこん棒《ぼう》で、難波船《なんぱせん》の乗組員の頭《あたま》をたたきわったり、毒矢《どくや》をうちこんだりすることもある』

　ほんとうのところ、ジョナサン・スモールも、この男をもてあましているのではないかな」

「それにしても、どうして、このぶっそうな相棒《あいぼう》と、くんだのだろうか？」

「それは、ぼくにもわからない。スモールが、アンダマン諸島《しょとう》からきたことは、はっきりしているから、この島の原住民がいっしょだとしても、おかしくはないね。

　ところでワトスン、きみはすっかりつかれた顔だよ。そのソファに横になりたまえ」

　というと、ホームズは、部屋のすみにおいてあったバイオリンをとると、低く夢見《ゆめみ》るようなあまいメロディーをかなではじめた。

これも、かれの作曲したものだろう。わたしは、ゆるやかに音の海をただよっているうちに、いつのまにやら、モースタン嬢《じょう》のやさしい顔につつまれて、夢《ゆめ》の国をさまよっていた。

第九章　解決《かいけつ》への鎖《くさり》が切れる

わたしがすっかり気分をとりもどして、目をさましたときには、すでに午後もおそくなっていた。ホームズは、先ほどと同じ姿勢《しせい》ですわり、熱心に本を読んでいた。その顔には、暗い不安な表情《ひょうじょう》がただよっていた。

「よくねむったようだね。話し声でおきるのではないかと、心配したよ」

「なにか、新しい知らせがあったのかい？」

「正直いって、失望したよ。ウィギンズが、今、報告《ほうこく》にきたのだが、ランチの行方は、まったくつかめないというのだ」

「ぼくにできることはないかい？　もうひと晩《ばん》くらいの徹夜《てつや》は、だいじょうぶさ」

「今のところ、まったくうつ手なしというところさ。待つしかないよ。留守《るす》中《ちゅう》に連絡《れんらく》がきたら、おくれをとることになるからね」

「それなら、ぼくはちょっと、カンバーウェルのセシル・フォレスター夫人をたずねてくるよ。きてほしいと、昨日の夜いわれていたからね」

「セシル・フォレスター夫人のところだって？」

ホームズは、目に笑いをうかべていった。

「もちろん、モースタン嬢《じょう》もさ。その後の経過《けいか》も、知りたがっているし」

「ぼくなら、あまりよぶんなことは話さないがね。女性《じょせい》が、いつも信用できるとはかぎらない——もっとも信頼《しんらい》できる人であってさえもさ」

わたしは、かれの偏見《へんけん》に、とやかくいうひまはなかった。

「一、二時間で帰ってくるよ」

「いいさ。幸運を祈《いの》るよ！　川向こうへ行くついでに、トビーを返してくれるとありがたい。今のところ、もう犬を使うことはなさそうだからね」

わたしは、犬に半ソブリンをつけて、ピンチン・レインへもどした。カンバーウェルに着くと、モースタン嬢《じょう》は、昨夜の冒険《ぼうけん》でいくぶん疲労《ひろう》しているようではあったが、熱心に話を聞きたがった。フォレスター夫人も、好奇心《こうきしん》

半《はん》ソブリン
ソブリンはポンドと同《おな》じ。一ソブリンは約《やく》二万四千円《えん》。半《はん》ソブリンは約《やく》一万二千円《えん》。

でいっぱいだった。

わたしは、事件《じけん》のあらましをかたった。ショルトー氏が殺《ころ》されたことにはふれたが、殺人《さつじん》の手口については話さなかった。それでも、わたしの話は、かのじょたちを十分におどろかせた。

「まあ、中世騎士物語《ちゅうせいきしものがたり》ですわね！」

フォレスター夫人がさけんだ。

「そこに、武者修行《むしゃしゅぎょう》の騎士《きし》ふたり」

モースタン嬢《じょう》は、かがやくひとみで、わたしを見ながらつけくわえた。

「まあ、メアリ、あなたの運命は、この捜査《そうさ》の結果にかかっていますのよ。大金持ちになって、なんでも好きなようにできるのですよ。どんな気分か、想像《そうぞう》してごらんなさい」

かのじょが、そういう将来《しょうらい》に、期待をよせていなかったことが、わたしにはよろこばしかった。かのじょは、そういうことには、まったく関心がないというそぶりであった。

「わたくしが心配しておりますのは、むしろサディアス・ショルトーさんのことですの。あの方はいつもご親切で、ごりっぱでございましたわ。このおそろしい疑《うたが》いをはらしてさしあげるのは、わたくしたちのつとめですわ」

カンバーウェルを出たのは夕ぐれで、ベイカー街にもどるころには、あたりはすっかり暗くなっていた。ホームズの本やパイプは、いすの近くにあったが、当の本人の姿《すがた》はなかった。

「シャーロック・ホームズさんは外出かね?」

ハドスン夫人が、ブラインドをおろしにあがってきたときに、わたしはたずねた。

「寝室《しんしつ》においでですよ」

かのじょは、声をひそめていった。

「ホームズさんのおからだが、心配ですわ」

「どうしたのです、ハドスンさん?」

「先生がお出かけになってから、部屋の中を行ったりきたりしはじめたのです。そのうちに、ぶつぶつとひとりごとをいっていたかと思うと、今度は、玄関《げんかん》のベルが鳴るたびに、階段《かいだん》の上へ出てきて『だれだい、ハドスンさん？』とさけぶのです。おぐあいが悪くなければ、いいのですが。熱さましでも、おもちしましょうかといったら、こわい顔でわたしをにらむので、あわててにげてまいりましたの」

「心配にはおよばないでしょう。前にも、こういうことがありましたよ」

わたしは、ハドスン夫人に、できるだけさりげなくふるまってみた。しかし、ホームズが動きのとれない状態《じょうたい》においこまれて、かれの神経《しんけい》が、まいってしまっていることを知り、わたしも不安にかられて、一夜をすごした。

次の日の朝食のとき、ホームズは疲労《ひろう》でやつれ、ほおは熱でもあるように、赤みがかっていた。

「これでは、きみのほうがまいってしまうよ。昨日は、ひと晩《ばん》じゅう、部屋の中を歩きまわっていたようだね」

「ねむれなかったのでね。このいまいましい事件《じけん》には、まいってしまうよ。

すべて順調だった。犯人《はんにん》、ランチ、すべてがわかっているのに、知らせがないのだよ。川は、両岸くまなくさがさせているのに、連絡《れんらく》がない。船がしずんでしまったとしか、考えられないよ」

「スミスのおかみさんが、まちがって船を教えたとか」

「いや、そういう船は、たしかにあるのだ」

「それでは、船は上流へ行ったのかな?」

「その可能性《かのうせい》も考えた。遊撃隊《ゆうげきたい》を出して、リッチモンド[*17]までしらべさせている。今日連絡《れんらく》が入らなかったら、あすはぼくが出かけていって、船ではなく、犯人《はんにん》をさがしてみようと思う。しかし、連絡《れんらく》はかならずあるはずだ」

ところが、その知らせはこなかった。ウィギンズからも、ほかの連中からも、なんの連絡《れんらく》もなかった。ほとんどの新聞に、ノーウッドの悲劇《ひげき》をあつかった記事が出ていた。どれも、気のどくなサディアス・ショルトーを、悪者にしたてあげてあった。

夕方、わたしはふたたび、ふたりの婦人《ふじん》に経過《けいか》を知らせに、カンバーウェルへ出かけた。帰ってくると、ホームズはいっそう元気をなくして、ふさぎこんでいた。かれは、レトルトを火にかけて、気体を蒸溜《じょうりゅう》し、たまらない悪《あく》臭《しゅう》を発生させ、むずかしい化学の実験に熱中していた。

明け方に目をさますと、ホームズが、そまつな水夫服に厚手《あつで》のジャケットをはおり、首に品の悪い赤いスカーフを巻《ま》いて、ベッドのわきに立っていた。

「ワトスン、川下へ行ってくるよ。方法はひとつしかない。やってみるだけの価値《かち》はある」

「もちろん、ぼくもいっしょに行っていいだろう？」

「だめだ。きみは、ここにいてくれたまえ。今日は、なにか知らせがとどきそうだ。ぼくにあてた手紙や電報《でんぽう》は全部開封《かいふう》してくれたまえ。もしなにか連《れん》絡《らく》があったら、きみの判断《はんだん》で行動してほしい。いいね」

「もちろんだとも」

「ぼくへの連絡《れんらく》はできないよ。どこへ行くかわからないからね。そう長くはかからない。なんらかの手がかりをつかみしだい、もどってくる」

朝食の時間になっても、なんの連絡《れんらく》もなかった。しかし、『スタンダード』紙をあけてみると、事件《じけん》の新しい展開《てんかい》を報《ほう》じる記事があった。

アッパー・ノーウッドの悲劇《ひげき》に関して、新しい証拠《しょうこ》により、サディアス・ショルトー氏は、事件《じけん》と無関係であることがわかった。ショルトー氏と家《か》政婦《せいふ》のバーンストン夫人は、昨夜釈放《しゃくほう》された。しかし、警察《けいさつ》は、真犯人《しんはんにん》の手がかりをすでにつかんでおり、目下《もっか》*18スコットランド・ヤードの、アセルニー・ジョウンズ氏が名捜査《めいそうさ》をつづけているので、まもなく真犯人《しんはんにん》も逮捕《たいほ》されるであろう。

「ここまではけっこうだ。しかし、新しい手がかりとは、なんだろう。警察《けいさつ》が失敗したときに、よく使う手ではあるが」

わたしは、新聞をテーブルの上にほうった。そのとき、私事広告欄《しじこうこくらん》の広告《こうこく》が、目にとまった。

たずね人——船長モーディカイ・スミスと、その息子ジム。先日の火曜日午前三時ごろ、ランチ、オーロラ号でスミス宅前《たくまえ》のさん橋より出航《しゅっこう》。船体は、黒に赤線二本、えんとつは黒で、白線一本。上記モーディカイ・スミスと、オーロラ号の行方に関する情報《じょうほう》を、スミスさん橋のスミス夫人、またはベイカー街二二一Bへ通報《つうほう》された方には、謝礼《しゃれい》五ポンド。

これは、ホームズのしわざにちがいない。ベイカー街の住所が、それをものがたっていた。しかし、広告《こうこく》からは、夫の行方を心配して、妻《つま》が出した広告《こうこく》としか見えなかった。

長い一日だった。ドアをノックする音がしたり、通りを足早に歩く音がするたびに、ホームズが帰ってきたのか、あるいは広告《こうこく》の反響《はんきょう》があったのかと思った。ホームズは今まで失敗をしたことはないが、どんな天才でも、あやまりはある。かれは、推理《すいり》をもてあそびすぎ、そのために、失敗もしかねないのだ。

午後三時に、高くベルが鳴ったかと思うと、もったいぶった声が聞こえ、なんとしたことか、アセルニー・ジョウンズ氏が入ってきた。かれは、アッパー・ノーウッドでの事件《じけん》当時の、あの自信にみちた表情《ひょうじょう》とはうってかわり、うなだれて、おとなしく、腰《こし》も低くなっていた。

「こんにちは。シャーロック・ホームズさんは、お出かけのようですね」

「出かけていて、いつもどるかわかりません。お待ちいただけるのなら、葉巻《はまき》でもいかがですか」

「ありがとう、待たせていただきますよ」

「それでは、ウィスキー・ソーダでも、いかがです？」

「すみません。では、グラスに半分だけもらいましょう。例の、ノーウッドの事件《じけん》に関するわたしの説を、ごぞんじでしたかな？」

「はい、うかがいました」

「ショルトーの身のまわりを、しっかりしらべたのですが、絶対《ぜったい》にたしかなアリバイがあるのです。兄の部屋を出てから、ひとりになったことがないのですよ。まあ、ちょっとご協力いただけると、助かります」

「だれでも、助けが必要なことがあるものです」

「ご親友のシャーロック・ホームズさんは、じつにごりっぱな方です。負けることを知らない人です。解明《かいめい》できない事件《じけん》は、ひとつもない。あの方なら、警官《けいかん》としても、大成なさるはずです。今朝、ホームズさんから、電報《でんぽう》をもらいましてね。なんでも、このショルトー事件《じけん》に関して、なにか手がかりをつかんだらしいのですよ。これです」

かれは、ポケットから、十二時にポプラ局からうたれた電報《でんぽう》をとりだし、わたしに手わたした。

ただちにベイカー街へこられたし。わたしが未着のときは待たれたし、ショルトー事件《じけん》の一味を追跡中《ついせきちゅう》。結果に立ち会いたければ、今夜、同行されたし。

「いい知らせですね。どうやら、ふたたび手がかりを見つけたようだ」

と、わたしはいった。

「それでは、あの方もやはり、まわり道をなさっていたのですか」

かれはさけんだ。

「どんなベテランでも、まかれてしまうこともありますよ。おや、だれかきたようだ。きっとホームズさんだ」

重い足音がして、階段《かいだん》を、ゼイゼイとあえぎながら、水夫服を着て、古ぼけた厚地《あつじ》のジャケットの、えり元までボタンをかけた老人が入ってきた。腰《こし》がまがっていて、ぜん息もちのように、苦しそうに息をしていた。

「ご用件《ようけん》は？」

と、わたしはたずねた。年老《としお》いた人にありがちなように、じっくりとあたりを見まわしていった。

「シャーロック・ホームズさんは、おいでかな？」

「わたしが、かわりにうけたまります。おことづけがありますか」

「本人にじかに話したいのさ」

と、かれはいった。

「モーディカイ・スミスの船のことですか？」

「そう、わしはその船を知っとるのさ。さがしている連中の居所《いどころ》も。そのうえ、宝《たから》のありかも知っとる。なにもかもだ」

「それなら、おっしゃってください。つたえておきます」

「本人にじゃなけりゃ、いえんね」

「それでは、お待ちください」

「いかん。他人のために、一日をむだになどできない。それならまあ、ホームズさんが自分でさがすことさ。あんたら、そんな顔したって、わしゃいわんからな」

足を引きずり、戸口へ行きかけた老人の前にジョウンズが立ちはだかった。

「じいさん、ちょっと待ちな。ホームズさんが帰るまで、いやでも待っててもらうよ」

そういうと、ジョウンズは、大きなからだで戸口をふさいだ。

「なんてこったい！」

と、かれはつえで床《ゆか》をたたいた。

「ご損《そん》のないようにしますから」

と、わたしはいった。

かれは、ひどくきげんをそこねた態度《たいど》で、部屋を横切ると、ほおづえをついたまま腰《こし》をおろした。ジョウンズとわたしは、ふたたび葉巻《はまき》に火をつけて、話をはじめた。すると、とつぜんホームズの声がした。

「ぼくにも葉巻《はまき》をくれたまえ」

そこには、ホームズがゆかいそうにすわっていた。

「なんだ、ホームズ！　帰ってきていたのかい！　おや、あの老人は、どこへ行ってしまったのだ？」

「ここにいる」

白髪《はくはつ》のたばをさしだして、ホームズはいった。

「あの変装《へんそう》は、われながらうまいとは思ったが、これほど成功するとは思わなかったよ」

「なんという人だ」

楽しそうに、ジョウンズがさけんだ。

「りっぱな役者にだってなれますな。あの、よぼよぼの歩き方だけでも、十分週に十ポンドはかせげそうだ」

「一日じゅう、この変装《へんそう》をしていました。犯人《はんにん》たちも、ぼくのことを知りはじめましたからね。ちょっとした変装《へんそう》でもしないことには、調査《ちょうさ》もやりにくくてね。電報《でんぽう》はとどきましたね？」

「まあ、それで出向いてきたわけですよ」

「あなたの捜査《そうさ》のほうは、いかがですか？」

「骨折《ほねお》り損《ぞん》でしてね。容疑者《ようぎしゃ》ふたりは釈放《しゃくほう》。ほかのふたりも、証拠《しょうこ》不十分でして」

「そのかわりに、ほかのふたりを教えてあげますよ。ただし、ぼくのいうとおりに、行動していただきたい。いいですね？」

「もちろんです。犯人《はんにん》を教えてもらえるのでしたら」

「それでは、まず、速い警察艇《けいさつてい》を七時に、ウェストミンスターさん橋[*19]へ用意してください」

「それはすぐに手配できます。いつでも、一せき配置されているはずです。ちょっと道の向こうに行って、電話をして、たしかめておきましょう」

「それから、屈強《くっきょう》な男をふたり、用意してください」

「船には、いつでもその手の男が、二、三人乗っていますよ」

「連中を逮捕《たいほ》すれば、宝《たから》は見つかります。その半分に対して、とうぜんの権《けん》利《り》をもっている、あの若《わか》いご婦人《ふじん》のところへ運び、あの方に箱をあけていただこうではないですか。ねえ、ワトスン」

「そうしてもらえると、ぼくもうれしいね」

警察艇《けいさつてい》　警察用《けいさつよう》の船舶《せんぱく》。

「前例のないやり方だ。しかし、この事件《じけん》じたい、前例のないものだから、そのくらいは大目に見ておきましょう。そのあとで、宝《たから》の正式な調査《ちょうさ》がすむまでは、当局があずからせていただきますよ」

「もちろん。それにもうひとつ、ぼくはこの件《けん》に関して、ジョナサン・スモール自身の口から、たしかめておきたいことが二、三あります。かれと、個人《こじん》的に会わせてもらえますか？」

「ジョナサン・スモールなる人物がいることじたい、わかっていないのですよ。あなたが自分でその男をつかまえれば、会うなとはいえませんよ」

「それなら、承知《しょうち》されたということですね？」

「そのとおり。ほかになにか？」

「いっしょに食事としましょう。三十分でしたくができます。カキと、つがいのライチョウ、それに白ワインのちょっとしたのがあります。ワトスン、きみは、ぼくが家政婦《かせいふ》になっても一流だということを、まだ知らなかっただろうね？」

第十章　アンダマン諸島《しょとう》からきた男

　夕食は、にぎやかなものだった。ホームズは、気が向けばよくしゃべるほうだが、今日はとりわけちょうしがいいようだった。奇蹟劇《きせきげき》、中世の陶器《とうき》、ストラディバリウス[*20]のバイオリン、セイロンの仏教《ぶっきょう》、未来の軍艦などについて、まるで専門の研究でもしているように話しつづけた。この上《じょう》きげんは、ここ数日の、ひどいうつ状態《じょうたい》の反動のようであった。

　アセルニー・ジョウンズは、くつろいだときは、社交的な人物のようだ。わたしもつい陽気になった。

　食卓《しょくたく》をかたづけると、ホームズは、時計をちらりと見てから、みっつのグラスにポート・ワインをそそいだ。

「われわれのささやかな冒険《ぼうけん》の成功のために、かんぱい。さあ、出発の時刻《じこく》だ。ワトスン、ピストルはもったかい？」

奇蹟劇《きせきげき》
中世《ちゅうせい》ヨーロッパのキリスト教《きょう》の宗教劇《しゅうきょうげき》の一種《いっしゅ》で、聖者《せいじゃ》などが行《おこな》う奇蹟《きせき》を主題《しゅだい》にしたもの。

「机《つくえ》の中に、むかしの軍用レボルバーがあるよ」

「それをもっていったほうがいいね。玄関《げんかん》に馬車がきた。六時半にくるように手配しておいたのだ」

われわれが、ウェストミンスターさん橋に着いたのは、七時を少しまわったころで、ランチが待ちうけていた。

「警察《けいさつ》の船であることがわかるようなものは、ついていますか？」

「あります。船の側面についている、緑の灯です」

「とりはずしてもらいましょう」

ジョウンズ、ホームズ、そしてわたしは、船尾《せんび》にすわった。舵手《だしゅ》がひとり、機関士《きかんし》がひとり、それに船首に、たくましい警官《けいかん》がふたりいた。

「どちらへ？」

「ロンドン塔《とう》[*21]へ。それから、ジェイコブスン造船所《ぞうせんじょ》の対岸にとめるようにいってください」

わたしたちの快速船《かいそくせん》は、蒸気船《じょうきせん》においついたと思うと、たちまちそれをお

レボルバー
回転式《かいてんしき》の拳銃《けんじゅう》。弾《たま》をいれる部分《ぶぶん》が回転《かいてん》するため、連続《れんぞく》してうつことができる。

舵手《だしゅ》
船《ふね》のかじをとる人《ひと》。

機関士《きかんし》
船《ふね》のエンジンを動《うご》かす人《ひと》。しかしここでは、船《ふね》の蒸気機関《じょうききかん》に石炭《せきたん》をくべる人《ひと》をさしている。

いこした。ホームズは、満足そうにほほえんだ。

「川にういているものは、なんでもつかまえられないと、こまるのでね」

と、かれはいった。

「いや、そこまではいきませんが、たいがいの船に、ひけはとりませんよ」

「ほどなく、オーロラ号を追跡《ついせき》することになる。ワトスン、少し経過《けいか》を説明しておこう。ぼくが、つまらないところでつまずいていらいらしていたのは、きみも知っているね？」

「そう」

「そこで、ぼくは化学分析《かがくぶんせき》に熱中して、頭を休めた。気分転換《きぶんてんかん》は、最高の休息だからね。手がけていた炭化水素《たんかすいそ》の溶解《ようかい》に成功し、ふたたびショルトーの問題にもどって、事件《じけん》を考えなおしてみた。

スモールという男は、ある程度悪知恵《ていどわるぢえ》はあるが、知能犯《ちのうはん》というタイプではない。また、あの男は、ロンドンに住んだことがあるはずだ。ポンディシェリ荘《そう》を、たえず見はっていたわけだからね。ということは、かくれ家をひきはらうのに、たとえ一日にしろ、準備《じゅんび》の期間がいるはずだ」
「かれがこの事件《じけん》にとりかかる前に、すべての準備《じゅんび》をととのえてしまった可《か》能性《のうせい》が高いと思うんだがね」
「いや、ぼくはそうは考えない。かくれ家があれば、万一の場合には、そこへにげこめるわけだから、完全に用がないとわかるまでは、ひきはらわないだろう。つまり、ジョナサン・スモールは、自分の相棒《あいぼう》が、かなりかわっているから、どんな変装《へんそう》をしても、人のうわさにのぼり、このノーウッド事件《じけん》とむすびつけられるかもしれないと思ったにちがいない。

連中は、夜の暗闇《くらやみ》の中で、かくれ家を出て、夜が明けないうちに帰るつもりだったのだろう。スミスのおかみさんの話だと、船に乗ったのは、午前三時すぎだったから、一時間もすれば、あたりは明るくなって、人びとがおきはじめる。だから、一味はそう遠くへは行っていないはずだ。

連中は、スミスに十分な口どめ料をあたえて、最後に脱出《だっしゅつ》するための船をおさえ、宝《たから》の箱をかくれ家へ運んだ。そこにふた晩《ばん》ほどひそみ、新聞記事に注意しながら、自分たちに容疑《ようぎ》がかかっているかどうかをたしかめる。そして闇《やみ》にまぎれて、グレイブズエンドか、ダウンズあたりにとめてある船までランチで行く。さらにそこから、アメリカか、どこかの植民地あたりへ出航《しゅっこう》する準備《じゅんび》がととのっているはずだよ」

「ランチはどうしたのだろう？　かくれ家まで運ぶわけにはいかないだろう？」

「そのとおりだ。かくれ家からそう遠くないところにあるにちがいないと考えて、ぼくはスモールの身になり、あの男がやりそうなことを推理《すいり》してみた。船がかくせて、必要なとき、すぐ手にいれるには、どうすればいいか。

方法はたったひとつだ。造船所《ぞうせんじょ》か修理工場《しゅうりこうじょう》にもっていって、ちょっとした外装《がいそう》がえをたのむことだ。そうすれば、船は船おき場かドックへもっていかれて、うまくかくすことができるし、二、三時間も前に連絡《れんらく》をすれば、すぐに使うこともできるというわけさ」

「ずいぶん、かんたんなことだね」

ダウンズ　ケント州《しゅう》とグッドウィン砂州《さす》の沿岸《えんがん》にある、船《ふね》の停泊地《ていはくち》。

「そう、こういうかんたんなことが、いちばん見おとしやすいのさ。ぼくは、船乗りの変装《へんそう》をして出かけていき、船おき場をかたっぱしからあたってみた。十五件は、むだ足だった。だが、十六件めのジェイコブスン造船所《ぞうせんじょ》で、義足《ぎそく》の男が、二日前に、オーロラ号のかじのちょっとした修理《しゅうり》をたのんでいったことがわかった。

『かじのぐあいは、ちっとも悪くない』

と、親方はいっていた。ちょうどそのとき、だれがきたと思う？　ほかならぬ、行方不明だったあの船長のモーディカイ・スミスだよ。酒にかなりよっていたがね。大きな声で、自分の名前と船の名前をどなっているのさ。

『今晩《こんばん》の八時にとりにくるぞ。八時かっきりだ。お客さんがふたり、待ってるんだからな』

かれは、たっぷり礼金をもらったらしく、みんなにシリング銀貨をつかませていた。少し、かれのあとをつけてみたが、飲み屋へ入ってしまった。ちょうどとちゅうで、遊撃隊《ゆうげきたい》の少年のひとりに会ったので、船を見はらせておいた。連中が出発するときに、ハンカチをふって、合図をくれることになっている。これで、宝《たから》も連中も、とらえられるだろう」

「それが真犯人《しんはんにん》かどうかはべつにしても、まあたいしたものですな」

と、ジョウンズがいった。

「わたしだったら、ジェイコブスン造船所《ぞうせんじょ》に警官《けいかん》をはりこませて、やつらがやってきたところを逮捕《たいほ》しますよ」

「それはむりです。スモールはぬけ目がないですからね。まず、偵察《ていさつ》を出して、少しでもあぶないと思えば、一週間だって、かくれ家にひそんでいますよ」

「スミスを尾行《びこう》して、やつらのかくれ家をつきとめるという手だってあったよ」

と、わたしがいった。

「それは時間のむだだよ。スミスが連中の居所《いどころ》を知っているのは、百にひとつだろう。用があるときに、連中が使いを出すのだ。ほかにもいろいろ検討《けんとう》したが、この方法がいちばんだ」

わたしたちが話をしているあいだに、船はテムズ川にかかった、長い橋の下を通りすぎていった。しずむ夕日の光が、セント・ポール寺院の尖塔《せんとう》の十字架《じゅうじか》をてらしていたが、ロンドン塔《とう》に着くころには、あたりはすでにうす暗くなっていた。

「あれがジェイコブスン造船所《ぞうせんじょ》です。小舟《こぶね》のあいだを、かくれながら、ゆっくり行ってください」

ホームズは、ポケットから夜間用の双眼鏡《そうがんきょう》を出すと、岸辺をながめていた。

「ぼくがたのんでおいた、見はりの少年が見える。だが、ハンカチで合図はしていないようだ」

「少し下流へ行って、待ちぶせたらどうです？」

ジョウンズが、熱心な口調でいった。

「どういうことでも、決めてかかるのは、よくありません。たしかに、連中が下流へ行くのは、十中八九まちがいないでしょうが、保証《ほしょう》のかぎりではありません。今夜は、はれて明るい晩《ばん》になりそうです。ここで待ちぶせたほうがいいでしょう。

ほら、向こうのガス灯の明かりの下を、人のむれが行く」

「造船所《ぞうせんじょ》の仕事が終わって、帰るところらしい」

「あそこを行く人のだれにでも、小さな不滅《ふめつ》の火がやどっている。かれらを、ちょっと見ただけでは、そうは思えないだろうがね。人間というものは、じつにふしぎな、なぞの存在《そんざい》だね！」

「だれだったかな、人間を、『魂《たましい》がやどっている動物である』といった人物がいたね」

と、わたしもいってみた。

「ウィンウッド・リードは、こういう点について、じつにおもしろいことを書いている。かれのいうところによると、個人《こじん》としての人間は、不可解《ふかかい》ななぞであるが、集団《しゅうだん》となると、数学的な確実性《かくじつせい》が出てくるそうだ。たとえば、ひとりの人間の行動を予測《よそく》することはできないけれど、ある一定の数の人間の行動となると、正確《せいかく》に予測《よそく》できるということさ。

おや、あれはハンカチかな？」

「そうだ。きみの見はりだ」

「オーロラ号もある。もうれつな速さだ！　機関士《きかんし》、全速力で前進だ。あの黄色い灯をつけたランチをおうのだ。なにがなんでも、あれには負けられない！」

オーロラ号は、こっそり船おき場の入り口をぬけ、二、三の小型船《こがたせん》のあいだを走っていたので、気がついたときには、すでにかなり速度をあげてしまっていた。ジョウンズは、深刻《しんこく》なおももちで、船を見ていった。

「ずいぶん速いぞ。おいつけるだろうか」

「なんとしてもおいつかねば。かまたきくん、どんどん石炭をいれてくれ。全速力でたのむ！　たとえ船が燃《も》えても、やつらをつかまえるのだ！」

ボイラーは、うなりをあげて鳴りひびいた。するどくとがった船首が、水面をかきわけて、どんどん進んでいく。オーロラ号の位置はわかったが、船の後ろに白いあわが見えているのが、船の速さをものがたっていた。オーロラ号は、うなりをあげて走りつづけ、こちらもそのあとをおいかけた。

「くべるのだ。もっとくべて！」

と、ホームズは、機関室を見てさけんだ。

「全速力で！」

「少し近づいたようだ」

と、ジョウンズが、オーロラ号から目をはなさずにいった。

「そう。もう少しでおいつく」

しかし、そのしゅんかん、運の悪いことに、三そうの小舟《こぶね》を引いた引き船が、われわれの船の前にわりこんできた。思いきり下げかじをとって左に曲がったので、衝突《しょうとつ》はどうやらさけられたが、それをよけて、ふたたび進路を元にもどしたときには、オーロラ号との距離《きょり》は、百八十メートルも、よけいにはなれてしまっていた。猛《もう》スピードで走ったため、船はぐらぐらとゆれた。

やがて、前方のぼんやりとした船体が、オーロラ号とはっきり見てとれるようになってきた。ジョウンズがサーチライトをてらすと、甲板《かんぱん》にはっきりと数人の人かげが見えた。ひとりの男が、ひざのあいだに、なにか黒いものをはさみ、その上にかがみこんでいる。そのそばには、ニューファウンドランド犬のような、黒い物体がうずくまっていた。

スミスの息子がかじをとっていた。上半身はだかになって、必死に石炭をほうりこむ、スミス船長の姿《すがた》もうかびあがってきた。かれらは、われわれに追跡《ついせき》されているのを、はじめは疑《うたが》っていたようだが、今はもう、疑《うたが》いの余地《よち》はなかった。

グリニッジのあたりでは、あと二百三十メートルにせまった。ブラックウォールでは、百九十メートルほどまで近づいた。われわれは着実に、一メートルずつ近づいている。しずまりかえった中で、敵《てき》の船のエンジンの音がひびいていた。

船尾《せんび》の男は、甲板《かんぱん》にうずくまり、いそがしそうに両手を動かしていた。そして、ときどき顔をあげて、われわれの船との距離《きょり》をはかっていた。われわ

ニューファウンドランド犬《けん》
毛《け》がふさふさしている大型《おおがた》の猟犬《りょうけん》。

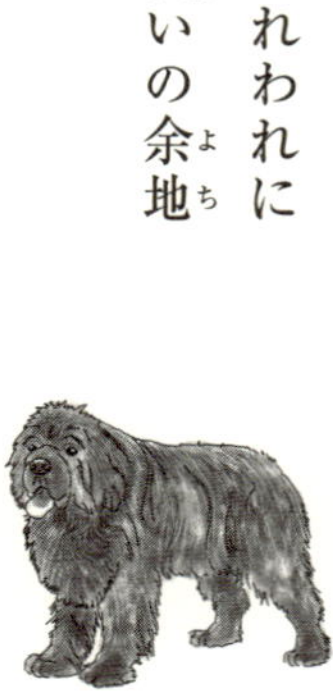

ブラックウォール
ロンドンのポプラ区《く》にある。テムズ川《がわ》に面《めん》していて、大陸行《たいりくい》きの船《ふね》の出港地《しゅっこうち》として有名《ゆうめい》だった。

れの船との差は、いっそうちぢまっていた。ジョウンズが大声で、船をとめろとさけんだ。われわれは、四艇身《ていしん》の距離《きょり》までおいついてきた。ふたつの船は、ともに猛《もう》スピードで走った。

いよいよ、見通しのよいところへ出た。船尾《せんび》の男は立ちあがると、かん高い声で、なにやらわめいた。よく見ると、男は右足のつけ根から、義足《ぎそく》であった。甲板《かんぱん》にうずくまっていたかたまりが動きだすと、それは、小さなからだに、大きな顔でちぢれ髪《がみ》の黒い男だった。

ホームズは、すでに拳銃《けんじゅう》をぬいていた。小さな男は、その目に、いんうつな光をうかべ、肉厚のくちびるのあいだから歯をむきだし、狂暴《きょうぼう》な動物のように、われわれをおどしていた。

「あいつが手をあげたら、うつのだ」

と、ホームズはおちつきはらっていった。

わたしたちは、一艇身《ていしん》のところまでせまり、ほとんど獲物《えもの》に手がとどきそうだった。おそろしい顔の小さな男が、黄色い歯をむきだして、歯ぎしりりし

四艇身《ていしん》 艇身《ていしん》は船《ふね》の長《なが》さ。また船《ふね》と船《ふね》のあいだの距離《きょり》もさす。四艇身《ていしん》は船《ふね》四つぶんの距離《きょり》があること。

ているのが、ランタンの光にうかびあがった。

小さな男の姿《すがた》が、はっきり見えたのは、さいわいだった。男は、かくしもっていた短い丸い木の棒《ぼう》をとりだし、口にあてた。わたしたちの拳銃《けんじゅう》がいっせいに鳴り、男は船べりから川の中に落ちた。

義足《ぎそく》の男がかじにとびつき、おもかじをいっぱいに切ったので、船は南岸に向きをかえ、こちらの船尾《せんび》から、一メートルもはなれていないところをすりぬけた。こちらも、すぐに進路をかえておいかけた。オーロラ号はにぶい音を立て、かれた植物ばかりの浅瀬《あさせ》にのりあげてしまった。

とっさに、義足《ぎそく》の男は船からとびおりたが、どろに足をとられて、もぐってしまった。今や、あせってもがいても、むだであった。前にもあとにも、身動きならなかった。かれは、腹立《はらだ》ちまぎれに、なにやらわめいていた。

わたしたちは、かれの肩《かた》にロープを投げて引きあげた。スミス親子はぶぜんとして、自分のランチにすわっていたが、命令されると、おとなしくこちらの船に乗りうつった。

オーロラ号は、岸からはなして、こちらの船の船尾《せんび》につないだ。インドの職人《しょくにん》がつくった鉄製《てっせい》の箱が、その甲板《かんぱん》においてあった。ショルトー一族の、あの財宝《ざいほう》が入っている箱にちがいない。わたしたちは細心の注意をはらって、それを自分たちの船の小さな船室へ運びこんだ。上流にひきかえすときにも、川にはあの小さな男の遺体《いたい》は見つからなかった。

「ここを見てごらん」

木造《もくぞう》のハッチを指さして、ホームズがいった。

「拳銃《けんじゅう》をうつのが少しおそすぎたらしい」

そこには、例の見おぼえのある、小さな毒矢《どくや》がささっていた。わたしたちのあいだを、かすめたにちがいなかった。それを見て、ホームズは、にこっと笑い、肩《かた》をすぼめた。

第十一章　アグラのばく大な財宝《ざいほう》

われわれと捕虜《ほりょ》は、鉄製《てっせい》の箱をはさんで向かいあってすわった。かれはだいたんな目つきで、日焼けして赤みがかった顔はしわだらけだった。黒くちぢれた髪《かみ》には、かなり白髪《しらが》がまじり、年のころは五十歳《さい》前後だろうか。男は、手錠《てじょう》をかけられた両手をひざの上におき、背中《せなか》をまるめ、するどい目で、例の宝《たから》の箱をじっと見つめていた。

「ところで、ジョナサン・スモール」

と、ホームズは、葉巻《はまき》に火をつけながらいった。

「こんな結果になって、残念だったね」

「あっしもでさあ。このことで、しばり首には、ならんでしょうな。あっしは、ショルトーさんに手は出していやせんよ。あのトンガのやつが、毒矢《どくや》でやっちまったんです。やつを、ロープのはしで、ひっぱたいておきやした。

だが、すんじまったことは、元にもどせませんや」

「葉巻《はまき》はいかがかな。ずぶぬれだ。それから、これを一ぱい、いくといい。あの小男が、どうやってショルトーさんをおどして、きみがロープをつたってのぼってくるまで、しずかにさせておけると思ったのかな？」

「あっしはあの部屋には、だれもいないとにらんでいたんでさあ。屋敷《やしき》のようすは、よく知っていやした。あの時間は、ショルトーさんは、いつもなら夕食に下へおりていく時分だった。ショルトーのおやじのことで、しばり首ってていうんなら、よろこんでなりますよ。あいつをばらすことなんぞ、朝めしまえだ。だが、ショルトーの息子のことで、ろうや行きは、まっぴらですぜ」

「きみの身がらは、スコットランド・ヤードの、アセルニー・ジョウンズさんがあずかっている。まあ、事件《じけん》の真相を聞かせてくれたまえ。そうすれば、きみの力になれるかもしれない。きみが部屋にのぼってくるあいだに、ショルトーが死んでいたことを、ぼくなら証明《しょうめい》できるかもしれない」

「ほんとうに死んでやがったんですぜ。あっしが窓《まど》から入ろうとすると、トンガのやつ、こっちを向いて、にやにや笑ってやした。半殺《はんごろ》しにしてくれようとしたら、あいつは、さっさとにげちまいやした。そのとき、やっこさんは、こん棒《ぼう》と毒矢《どくや》をおきわすれちまった。それで、アシがついたってわけだろう。もっとも、その先、どうしておっかけてこられたのかは、さっぱりわからねえがね。

五十万ポンドの財宝《ざいほう》の権利《けんり》をもってるこのおれさまが、人生の半分は、アンダマン諸島《しょとう》で防波堤《ぼうはてい》づくり、残りの半分は、ダートムア監獄《かんごく》で排水溝《はいすいこう》ほりとは、なんてえこった。商人のアクメットに会って、アグラの財宝《ざいほう》なんぞを、なまじ知っちまったのが、けちのはじまりさ。

宝《たから》は、それを手にいれた者に、のろいしかもたらさなかったんでさあ。アクメットは殺《ころ》されるし、ショルトー少佐は、恐怖《きょうふ》と罪《つみ》の意識で、死ぬまでびくびくしどおし。あっしは、一生が、どれい仕事というわけだ」

そのとき、アセルニー・ジョウンズが、せまい船室へ入ってきた。

「ホームズさん、わたしも一ぱいいただきましょう。おたがいに、かんぱい

ダートムア監獄《かんごく》

『バスカヴィル家《け》の犬《いぬ》』に登場《とうじょう》するダートムアにあるプリンスタウン刑務所《けいむしょ》をさす。

といこうじゃありませんか。それにしても、きわどいところでしたな、ほんとうに。こっちは、おいつくだけで、せいいっぱいでしたからね」

「終わりよければ、すべてよし、ということですよ。それにしても、オーロラ号があれほど速いとは思わなかった」

と、ホームズはいった。

「スミスの話だと、テムズ川一の快速船《かいそくせん》で、エンジンのかまたき役がもうひとりいれば、絶対につかまらなかったといっています。あの男は、このノーウッド事件《じけん》のことは、なにも知らないそうです」

「そりゃあそうでしょうよ。あっしは、速いと知ってたから、あの船に決めたんでね。あの男には、なにひとつ、しゃべっちゃあいませんよ。もし、あっしたちが、グレイブズエンドで待ってる、ブラジル行きのエスメラルダ号まで、ぶじに着いたら、かなりの礼をするつもりでいました」

「あの男が悪事をはたらいていないというのなら、不利にならないように、とりはからっておこう」

ジョウンズが、犯人《はんにん》を逮捕《たいほ》できたことに気をよくして、またまたいばりはじめたのは、見ていておかしかった。ホームズも笑いをうかべていたところを見ると、かれの耳にも、ジョウンズのことばが聞こえたようであった。

「まもなく、ヴォクスホール橋に着きます」

と、ジョウンズがいった。

「ワトスン先生、宝箱《たからばこ》をもっておりてください。こういうことは、きわめて異例《いれい》ではありますが、約束ですから。こちらとしては、警官《けいかん》をひとり、護衛《ごえい》につけさせていただきます。なにしろ、たいへんなお宝《たから》を、おもちですからな。もちろん、馬車でおいででしょう?」

「馬車で行きます」

「ここで、中身のリストをつくるといいのだが、あいにく、かぎがない。かぎはどこだ?」

「川底さ」

スモールは、手短にいった。

「よぶんな手間ひまをかけさせる。くれぐれもご用心なさって。ご用がすみしだい、箱はベイカー街の部屋へおもちください。われわれは、署《しょ》へ行くとちゅうに、そちらへまわります」

わたしは、鉄の重い箱と、親切な警官《けいかん》とともに、ヴォクスホールで船をおり、馬車で十五分ほどの、フォレスター夫人の屋敷《やしき》へ向かった。使用人は、このおそい訪問《ほうもん》におどろいたようすであった。夫人は外出中だったが、モースタン嬢《じょう》は、応接室《おうせつしつ》にいるとのことなので、わたしは箱を手に、応接室《おうせつしつ》へ入った。

かのじょは、白い布地《ぬのじ》の服で、あけはなった窓辺《まどべ》にすわっていた。ランプのやわらかな光が、とうのいすにすわったかのじょの姿《すがた》を美しくてらしだしていた。ふさふさとした、金髪《きんぱつ》の巻《ま》き毛《げ》が光って見えた。かのじょは、ふかく物思いにしずんでいるようすであったが、わたしの足音を聞くと、すぐに立ちあがり、おどろきとよろこびで明るくそまった。

「馬車の音が聞こえましたので、フォレスター夫人が、早めにお帰りになったのかと思いました。まさかあなたさまとは、夢《ゆめ》にも思いませんでしたわ。どのようなお知らせを、もってきてくださったのでしょうか？」

「知らせよりも、ずっとよいものをおもちしました」

わたしは、箱をテーブルの上においていった。

「世界じゅうの、どんな知らせよりも、価値《かち》のあるものをもってきました。あなたの財産《ざいさん》を、おもちしたのです」

「それでは、これがあの宝物《たからもの》ですの？」

「これが、大いなるアグラの財宝《ざいほう》です。半分はあなたのもの、そして残り半分は、サディアス・ショルトー氏のものです。二、三十万ポンドずつ、手に入ることになるわけです。年に一万ポンドですよ。イングランドでも、これほど金持ちの若《わか》い女性《じょせい》は、ほかにいないでしょう。すばらしいことではありませんか？」

わたしが、いくぶん大げさに、よろこびをあらわしたせいか、かのじょは少しまゆをつりあげて、ふしぎそうな顔つきでわたしを見た。

「もし、それがわたくしのものになりましたら、それはあなたさまのおかげですわ」

「ぼくではなく、友人のシャーロック・ホームズのおかげです。かれの、天才的な推理力《すいりりょく》をしても、かなり手こずりました。じつのところ、最後の最後で、あやうくとりにがすところでした」

「どうぞ、すべてをお話しくださいませ、先生」

かのじょは、目をかがやかせながら、わたしの冒険談《ぼうけんだん》に耳をかたむけた。あやうく毒矢《どくや》にあたりそうになったくだりでは、かのじょはまっさおになってしまった。わたしは、かのじょがまた気絶するのではないかと、気が気ではなかった。

「だいじょうぶですわ。わたしのために、おふたりは、そのように危険《きけん》なめにおあいになったのですわね」

「もうすべては終わったことです」

と、わたしは答えた。

「もっと明るい話題にかえましょう。ここに財宝《ざいほう》があります。まず、真っ先にあなたにお見せしたいと思い、とくべつに許可《きょか》をもらって、こうしてもってきました」

「わたくしにもたいへん興味があるものでしょうね。美しい箱ですこと！これは、インド細工かしら？」

「そう、ベナレスの金属細工《きんぞくざいく》です」

「重いこと！　箱だけでも、そうとうの値打《ねう》ちでしょう。かぎはどこでしょうか？」

「スモールが、テムズ川へすててしまったのです。フォレスター夫人の火かき棒《ぼう》を、ちょっとお借りしましょう」

わたしは、かけ金の下に火かき棒《ぼう》をさしこみ、てこがわりにして、ぐっとひねった。パチンと大きな音がして、かけ金がはずれた。だが、ふるえる手でふたをあけたわたしたちは、おどろいて立ちつくしてしまった。なんと、箱はからだったのだ。

ベナレス
ベナレスはガンジス川流域《がわりゅういき》の都市《とし》。ヒンドゥー教徒《きょうと》にとっての総本山《そうほんざん》で最高《さいこう》の聖地《せいち》。

箱が重かったのは、二センチメートル近くの厚《あつ》さの鉄板が、中にはられていたからだった。中には、金属《きんぞく》も、宝石《ほうせき》のひとかけも、残っていなかった。

「宝《たから》がなくなっていますわ」

モースタン嬢《じょう》は、おちついていった。

このアグラの財宝《ざいほう》が、いかにわたしの心を重くしていたか、それがなくなったとき、わたしははじめて気づいた。わたしには、おたがいをへだてていた財宝《ざいほう》の壁《かべ》が、とりのぞかれたということしか、頭になかった。

「神に感謝《かんしゃ》します！」

わたしは、心の底からそうさけんだ。

「まあ、なぜそのようなことを、おっしゃいますの？」

と、かのじょはたずねた。

「あなたが、もう一度、ぼくの手のとどくところに、もどってきたからです」

かのじょの手をとりながら、わたしはそういった。

「メアリ、ぼくは、だれよりも心からあなたを愛しています。しかし、この財宝《ざいほう》のために、ぼくはそのことをいいだせなかったのです。それがなくなった今、ぼくは、あなたを愛しているといえるようになりました。だから『神に感謝《かんしゃ》します』といったのです」

「それなら、わたくしも、『神に感謝《かんしゃ》します』と、もうしますわ」

かのじょは、そうささやいた。

第十二章　ジョナサン・スモールがかたる、ふしぎな物語

かなり待たせてしまったが、馬車で待っていた警官《けいかん》は、しんぼう強い男のようであった。だが、わたしが、からの宝箱《たからばこ》を見せると、かれは顔をくもらせた。

「宝《たから》がなければ、手当てはなしだ！　今夜の仕事で、サム・ブラウンとわたしは、十ポンドはもらえただろうに」

「サディアス・ショルトーさんは金持ちだから、礼はするでしょう」

しかし、警官《けいかん》は、あきらめきったように首をふった。

「骨折《ほねお》り損《ぞん》だった。アセルニー・ジョウンズさんだって、そう思いますよ」

と、かれはくりかえした。

かれの予想はあたった。わたしがベイカー街にもどって、からの箱を見せ

ると、警部《けいぶ》はがっかりして、しばらくは口もきけなかった。

ホームズとスモールと警部《けいぶ》の三人は予定を変更《へんこう》して、報告《ほうこく》をすませて、今しがた着いたばかりとのことだった。スモールに、からになった宝箱《たからばこ》を見せると、かれはいすにのけぞって、大声で笑った。

「スモール、おまえのしわざか」

「あんたたちの手が、絶対にとどかないところにかくしたのさ。自分のものにならないくらいなら、だれにもわたさんぞ。この宝《たから》は、アンダマンの囚人《しゅうじん》収容所《しゅうようじょ》にいた三人の仲間と、このあっしのほかの、だれにもわたさない。だから、四つのサインだったのさ。

ショルトーやモースタンの身内なんかに、宝《たから》をくれてやるくらいなら、テムズ川へすてちまったほうがましさ。こういうやからを、金持ちにするために、アクメットをあんなことにしたんじゃあない。あんたらの船におっかけられたとき、宝《たから》は安全な場所へ、しまったのさ」

「でたらめをいうな、スモール。宝《たから》をテムズ川にすてるなら、箱ごとすてたほうがずっと楽だったじゃないか」

「そうすりゃあ、すてるのもかんたんだが、見つけられるのもかんたんというわけさ。宝《たから》は、八キロメートルから十キロメートルにわたって、ばらまいてやった。これは、かんたんにはいくまいよ。あんたらにおいつめられたときにゃあ、こいつはいけねえ、これでおしまいだと思ったさ。いろいろあったが、後悔《こうかい》だけはしねえようにと思ってね」

「これは、ひじょうに重要なことだよ、スモール。もし、こんなばかげたことをしないで、正義《せいぎ》のために力を貸《か》していれば、裁判《さいばん》ではずっと有利になったのだぞ」

と、ジョウンズがいった。

「正義《せいぎ》だって？　なにが正義《せいぎ》だっていうんだ！　あの宝《たから》が、あっしらのものでなけりゃ、いったいだれのものだってえんだ？　二十年ものあいだ、ひがな一日こきつかわれ、夜はうすぎたねえ囚人小屋《しゅうじんごや》に鎖《くさり》でつながれ、こづかれどおしだったんだ。こうやって手にいれたアグラの財宝《ざいほう》だ。

人さまをうれしがらせるために、こんな犠牲《ぎせい》をはらうなんぞ、まっぴらごめんだ。他人が、おれさまの金で御殿《ごてん》に入ってるなんて、ろうやの中で考えるくれえなら、首をくくられるなり、トンガの毒矢《どくや》にあたったほうが、ましってえもんだ」

スモールは、平静な態度《たいど》をかなぐりすてると、きゅうにまくしたてた。かれが、両手をはげしくふるたびに手錠《てじょう》が鳴った。

「きみの話を、われわれは聞いたことがない。それでは、きみがどう正しいのか、わからないではないか」

と、ホームズは、しずかに話しかけた。

「あんたは、あっしを、まともにあつかってくれるんですかい。もっとも、この手錠《てじょう》をかけられたことも、あんたのおかげらしいがね。これから話す、ひとことひとことは、神にかけて真実だ。ちょいと、のどがかわいたね。こっちから口をもっていくから、コップをおいてもらえねえかい。

あっしは、ウースターシアの、パーショアの近くの出でね。家には不義理《ふぎり》ばかりで、あんまり歓迎《かんげい》もされねえだろうが、家は、あたりじゃ、ちっとは知られた農家だった。あっしは、少しばかり放浪《ほうろう》ぐせがあってね。十八歳《さい》ごろ、インドへ出発するところだった、歩兵第三連隊に入ったんだ。

けど、兵隊なんぞ、性《しょう》にあわなかったね。よせばよかったんだが、ガンジス川へ水あびに行ったとき、ワニにおそわれて、右足をひざの上までぱっくりくいちぎられちまった。ショックと貧血《ひんけつ》で気を失って、おぼれかけていたところを、泳ぎの名人のジダン・ホウルダ軍曹《ぐんそう》が助けてくれて、岸まで運んでくれた。五か月ものあいだ入院して、この義足《ぎそく》をつけて、ようやく歩けるようになったら、軍隊からは、おはらい箱さ。

不幸のどん底に落ちこんだわけだが、これが、またよくしたもんで、インドに藍《あい》の栽培《さいばい》にきていた、エイベル・ホワイトってえ男が、労働者がさぼらないように見はる監督《かんとく》をさがしていたんだ。この男が、あっしの連隊長だった大佐の友だちだってえわけさ。この大佐はあの事故《じこ》があってから、あっしに目をかけてくれてね。大佐は、強くあっしを、その職《しょく》に推《すい》せんしてくれた。

その仕事は、おおかたは馬に乗ってするもので、足が不自由でも、さしさわりなくできる。農園の見回りと、はたらいている連中の見はりで、給料も悪くないし、あっしは、ここで一生を送るつもりだった。

けど、好運はそう長くつづかんもんで、とつぜんあのインド大反乱《だいはんらん》がはじまったのさ。その前の月まで、インドはどこからみたって平和だった。ところがその翌月《よくげつ》になると、インドは国じゅう、まったく地獄《じごく》のようなありさまになっちまった。

あっしらの農場があったのは、北西州の境に近いムトゥラだった。あのころは、焼きうちにあったバンガローが燃《も》える火で、夜ごとに空が明るくそまった。そして、ヨーロッパ人のグループが妻子《さいし》をつれて、あっしらの農園を通りぬけ、軍隊が駐屯《ちゅうとん》している、アグラへ向かっていった。

エイベル・ホワイトさんはがんこな人で、暴動《ぼうどう》はきゅうにおきたんだから、そのうちに、ぱったりしずまるだろうなどと考えていた。国じゅうが燃《も》えているってえのに、ベランダにすわって、ウィスキーのソーダ割《わ》りを飲

インド大反乱《だいはんらん》　かつてはセポイの乱《らん》と表記《ひょうき》されることもあった。

み、葉巻《はまき》をふかしていたんだ。それでも、あっしと、ドースンと、ドースンのかみさんは、ホワイトさんの元をはなれなかった。

あるはれた日のこと、あっしが遠くの農場に出かけて、夕方、馬で帰ってくると、ドースンのかみさんが、ずたずたに引きさかれていた。そして、そのちょいと先にゃあ、ドースンが、弾《たま》の入ってない拳銃《けんじゅう》を手に、死んでいるじゃないか。その前には、四人のインド人傭兵《ようへい》（セポイ）が、おりかさなってたおれていた。

　ふと見ると、エイベル・ホワイトさんの家の屋根から火が出ていた。ご主人にゃあ悪いが、よけいなことをすりゃあ、こちらの命があぶねえ。そこで、あっしは、いちもくさんににげだし、その夜おそく、アグラの城壁《じょうへき》の中へ、ぶじににげこんだってえわけだ。

　だが、そこだって安全じゃあない。国じゅうがハチの巣をつっついたようなさわぎだったからな。

　アグラには、ベンガル・フュージリア第三歩兵連隊と、シーク教徒の兵隊

セポイ
　東《ひがし》インド会社《がいしゃ》にやとわれていたインド人傭《じんよう》兵《へい》をさす。一八五七年《ねん》に大規模《だいきぼ》な反英《はんえい》の乱《らん》をおこした。

シーク教徒《きょうと》
　インドのパンジャブ地方《ちほう》を中心《ちゅうしん》に信仰《しんこう》されていた、イスラム教《きょう》の影響《えいきょう》をうけた宗教《しゅうきょう》。

がいくらか、騎兵《きへい》二個中隊《こちゅうたい》、それに砲兵《ほうへい》一個中隊《こちゅうたい》がいやした。事務員《じむいん》や商人たちが義勇軍《ぎゆうぐん》をつくったので、あっしも、義足《ぎそく》のままで、それにくわわった。だが、七月になると、弾《たま》もつきちまった。

どこからくるのも、悪い知らせばかりだ。あっしらがいたところは、反乱《はんらん》のど真ん中だったんだ。

アグラってえのはでかい町で、やけに熱心な信者から悪魔《あくま》の崇拝者《すうはいしゃ》まで、いろんなやつがむらがっていた。そこで、あっしらの指揮官《しきかん》は、川をわたり、アグラの古いとりでに陣《じん》をはることにした。

この古いとりでのことは知ってるかもしれないが、まったくふしぎなところだった。広大な敷地《しきち》に、新しく建てましたところもあったりで、守備隊《しゅびたい》のほかに、女や子ども、食料などを全部おさめたって、まだまだあいているというぐあいだった。

そんなだから、一度まよいこんだら、かんたんには出られない。めったに人はよりつかないし、たまに、たいまつをもった連中が探検《たんけん》にくるくらいだった。

とりでの正面には、川が流れていた。また、両側と後ろには、門がたくさんあって、部隊のいる新しい建物のほか、古いほうの戸口にも警備《けいび》をおかなくてはならなかった。たくさんある門の全部に警備《けいび》をおくわけにはいかない。そこで、とりでの真ん中に警備《けいび》本部をおいて、ほかの門は、白人ひとりに現地《げんち》人二、三人でかためようってえことになった。

あっしは、毎晩《まいばん》とりでの西南の、小さな門を見はる役にえらばれた。ふたりのシーク教徒の騎兵《きへい》があっしの部下で、なにかことがあれば、マスケット銃《じゅう》で合図することになっていた。本部からは百五十メートルほどはなれていたので、そんなことで助けがまにあうのか、あやしかったがね。

あっしは、ふた晩《ばん》つづけて、部下のパンジャブ人と番に立ちやしした。それが、マホメット・シングと、アブドゥラー・カーンだ。こいつらは、あっしらに、はむかったこともあるつわもので、ふたりで夜通し、なんだかわからねえシーク語で、ぺちゃくちゃやってた。あっしは門の外で、大きな町の明

マスケット銃《じゅう》　十六世紀《せいき》に発明《はつめい》された口径《こうけい》の大《おお》きい重《おも》い歩兵銃《ほへいじゅう》。

かりをながめていた。二時間ごとに、当直の将校《しょうこう》が、異常《いじょう》がないか、たしかめにまわってくることになっていやした。

三日目の夜は、暗く、あれもようで、小雨がふっていた。門の番も、いいかげんうんざりしていた。明け方の二時に将校《しょうこう》の巡回《じゅんかい》がきて、部下たちが話をしようとしないんで、あっしはパイプに火をつけようと、マッチをするために、マスケット銃《じゅう》を下へおいた。

そしたら、部下のシーク教徒が、ふたりして、いきなりあっしにおそいかかってきたんだ。ひとりは銃《じゅう》をひったくって、あっしの頭をねらっている。もうひとりは、大きなナイフをあっしののどにつきつけて、動くとさすとおどしやがる。

もし、この門が反乱軍《はんらんぐん》の手にわたれば、とりでは全滅《ぜんめつ》だ。あっしは、どうせこれでおしまいなら、いっそのこと、大声でさけんでやろうかと考えた。だが、いざどなろうとしたとき、耳元で、やつらがこうささやいたんだ。

『さわぐな。とりでは安全だ。おれたちの味方になるか、それとも永久《えいきゅう》にしゃべれなくなるか、ふたつにひとつだ。あんた方、キリスト教徒の十字架《じゅうじか》にちかって、心底、おれたちの仲間になるか、今晩《こんばん》、死体になって、みぞの中へほうりこまれるか、どっちかえらぶんだ。死ぬか、生きるか――どっちだ？』

『このとりでの安全をおびやかすなら、取り引きはしない』

『とりでの安全は、保証《ほしょう》する。おまえがおれたちの仲間に入るなら、おれたちはこのナイフにかけて、シーク教徒がけっしてやぶらない、三重のちかいにかけていう。おまえにも宝《たから》の公平な分け前をやろう。四分の一は、おまえのものだ。これ以上、公平なものはない』

『宝《たから》とはなんだ？』

『それが知りたいなら、ちかうのだ。今後とも、おれたちにはむかったり、さからったりしないとな』

『よし、ちかおう』

『それなら、おれたちも、四人で宝《たから》は公平にわけて、四分の一をあんたにやることをちかおう』

『三人しかいないじゃないか』
『いや、ドスト・アクバーにも、分け前をやる。あの男が、ここへくる前に、おまえにも事情《じじょう》を話しておこう』

『北部の州に、領地《りょうち》こそせまいが、裕福《ゆうふく》なラジャがいる。金を使うより、ためることしか知らないやつだ。用心深い男で、白人がこの国を支配しようと、または白人がたおれようと、どちらにころんでも、少なくとも財宝《ざいほう》の半分は自分の手元に残るように、計画をねった。

金と銀は、宮殿《きゅうでん》の金庫室《きんこしつ》に自分でかくした。高価《こうか》な宝石《ほうせき》や、えりすぐりの真珠《しんじゅ》などは鉄の箱にいれて、腹心《ふくしん》の家来を商人に変装《へんそう》させ、アグラのとりでまで運びこませて、国が平和になるまで、そこへかくしておくことを考えついた。つまり、反乱軍《はんらんぐん》が勝てば、金銀が残り、東インド会社*22側が勝てば、財《ざい》宝《ほう》が残ることになる。

財産《ざいさん》をふたつにわけると、やつは反乱軍《はんらんぐん》のセポイの味方についた。やつの

ラジャ　ある地域《ちいき》を治《おさ》めるインド人《じん》の王《おう》を意味《いみ》する。

領土《りょうど》近くでは、こちらの勢力が強かったからだ。

商人に変装《へんそう》した家来は、アクメットという名で、今、アグラの町にいて、とりでの中へ入りたがっている。ドスト・アクバーはおれの乳兄弟《ちきょうだい》で、アクメットの道中のつれになったことから、この秘密《ひみつ》を知ったってわけだ。

ドスト・アクバーは、今夜、アクメットを、とりでのわきの小門まで案内することになっている。やつが、この門をえらんだんだ。まもなくふたりは、ここへやってくる。ラジャの大いなる財宝《ざいほう》を、おれたちで山分けというわけだ。だんな、このうまい話、どうだい？』

アクメットが生きても死んでも、あっしには関係ないことだったが、財宝《ざいほう》の話に、ついついひきこまれてしまった。すぐに腹《はら》はくくったが、アブドゥラー・カーンは、あっしが二の足をふんでいるものと思って、せきたてるようにいった。

『考えてもみなよ、だんな。アクメットが司令官につかまれば、どのみち、しばり首か銃殺《じゅうさつ》だ。宝《たから》は政府《せいふ》のものになり、だれも一ルピーだって手にいれ

乳兄弟《ちきょうだい》
血《ち》のつながりはないが、同《おな》じ人《ひと》の乳《ちち》をともに飲《の》んで育《そだ》った者同士《ものどうし》のこと。

一ルピー
ルピーはインドのお金《かね》の単位《たんい》。

られない。おれたちの手で、やつをとっつかまえれば、財宝《ざいほう》はおれたちのものになる。さあ、おれたちの仲間になるか、敵《てき》になるか』

『ちかおう。おれはおまえたちの仲間になる』

『これで決まりだ』

『それで、おまえの乳兄弟《ちきょうだい》は、このことを知っているのか？』

『これは、やつの計画でね。門のところへ出て、マホメット・シングといっしょに見はりをしましょう』

雨は、まるでやみそうもなく、ふりつづいていた。そして、急に灯が見えた。

『きたぞ！』

『だんな、やつをこわがらせちゃいけない。おれたちを、やつといっしょに中へいれてください。あんたがここを見はっているあいだに、あとはおれたちがやる』

明かりは、ゆらゆらとこちらへ近づいてきた。

『何者だ？』

あっしは呼《よ》びとめた。

『味方だ』

あっしは、ランタンのおおいをとって、やつらをてらした。はじめの男は、シーク教徒のばかに背《せ》の高い男で、黒いあごひげが腰帯《こしおび》のあたりまではえていた。もうひとりは、背《せ》が低く、まるまると太っていて、黄色の大きなターバンを巻《ま》き、手に、肩《かた》かけでくるんだ、つつみをもっていた。

『だんなさま、お助けください。あわれな、あきんどのアクメットでございます。アグラのとりでにひなんしたくて、ラージプターナの向こうから、はるばるやってまいりました』

『つつみの中身はなんだ？』

『鉄の箱でございます。家族に関するものが、ひとつ、ふたつ入っておりますが、人さまには、なんの値打《ねう》ちもございません。ですが、わたしにとっては、手ばなせないものです。こちらへひなんさせていただけるなら、お礼は

ラージプターナ　現在《げんざい》のインドのラジャスタン州《しゅう》にあたる地域《ちいき》。

さしあげます』

あっしは、これ以上この男としゃべる自信はなく、さっさとかたづけるのがいちばんだと思った。

『こいつを本部へつれていけ』

と、あっしはいった。ふたりのシーク教徒が、アクメットを両側からはさむと、大男が後ろについて、そのまま暗い門の中へ消えた。あっしは、ランタンをもって、門のところにとどまっていた。

やつらの足音が、だれもいない回廊《かいろう》にひびきわたり、それから、話し声と、つかみあいの音にまじって、なぐりあいの音も聞こえてきた。そのうち、おどろいたことには、バタバタという足音が、こっちに向かってきた。そして、息せききって、走ってくる物音がするじゃあないか。

あのあきんどが、血だらけになって走ってくる。その後ろを、黒いひげをはやした大男が、手にナイフをもって、おいかけてくる。アクメットは、シーク教徒をひきはなし、このぶんだと、あっしのそばを通って、外へ出られれば、命は助かったかもしれない。

あっしは、この男にちょいと同情《どうじょう》しかけたが、財宝《ざいほう》のことを思うと冷酷《れいこく》になった。やつが、あっしのわきをかけぬけたとき、やつの足のあいだに銃《じゅう》を投げつけてやったら、二度ももんどりうってころび、そのままのびてしまった」

ホームズがさしだしたウィスキーの水割《わ》りに、かれは手錠《てじょう》のかかった手をのばした。わたしはこの男にいささか恐怖《きょうふ》をおぼえた。ホームズとジョウンズは、話に深い関心をしめしながらすわっていたが、ふたりとも、嫌悪《けんお》の感《かん》情《じょう》をただよわせていた。

「気《き》のどくなことをしたよ。しかし、じたばたすれば、のどを切るぞとおどかされて、宝《たから》の分け前をことわる者がいるかね。くうか、くわれるかじゃあないか」

「話をつづけてくれ」

ホームズは、そっけなくいった。

「アブドゥラーとアクバーとあっしの三人で、やつの死体を、とりでの中へ運んだ。マホメット・シングを門の見はりに立てておいて、アクメットを、くずれたれんがの下にうめてやった。そして、あっしらは、宝《たから》のところへもどった。

宝《たから》は、やつがはじめにおそわれたところにころがっていやした。その箱をあけると、ランタンの明かりに宝《たから》が光り、それはもう、目もくらむばかりだった。それから、宝《たから》を全部とりだして、目録づくりさ。一級品のダイヤモンドが百四十三個《こ》。その中には、『ムガール帝国《ていこく》』*23とかいう、世界で二番目に大きいものもあった。

それから、九十七個《こ》の、すばらしいエメラルド。百七十個《こ》のルビー。それに、ガーネットが四十個《こ》、サファイヤが二百十個《こ》、めのうが六十一個《こ》、そのほか、たくさんの緑柱石《りょくちゅうせき》、しまめのう、猫目石《ねこめいし》、トルコ石があった。

それ以外にも、あとになってわかったが、あんときは、名前もわからなかった宝石《ほうせき》がざくざくあった。真珠《しんじゅ》だって、りっぱなものが三百個《こ》近くあった。

そのうちの十二個《こ》は、金の宝冠《ほうかん》にちりばめられていた。

ところで、この真珠《しんじゅ》だけは、箱から出したらしいね。あっしが箱をとりもどしたときにゃあ、そいつだけは、見あたらなかったからね。

宝石《ほうせき》をかぞえて、箱にもどすと、あっしらはたがいに助けあって、秘密《ひみつ》を守ることを、しっかりとちかった。この国が平和になるまでは、安全な場所にかくしておき、そのあとは、平等にわけると決めた。

あっしらは、れんがの下にあなをほり、宝《たから》をかくすと、その場所をていねいに書きしるした見取り図を、ひとりに一枚《まい》ずつ、しめて四枚《まい》つくった。そして、その下に、あっしら四人のサインをそえておいた。あっしは、ちかっていうが、今まで一度だって、そのちかいをやぶったことはありゃしません。

インド兵の暴動《ぼうどう》の話は、あっしが今さらすることもないだろう。グレイトヘッド大佐の別働隊が、アグラへやってきて、反乱《はんらん》をしずめてくれて、平和がもどってくるかに見えた。ところが、あっしらは、アクメット殺《ごろ》しのかどでつかまっちまい、望みは消えちまった。

ラジャは、宝石《ほうせき》をアクメットにあずけたとき、さらに信用のおける使用人をえらび、アクメットのようすを、ちくいちスパイさせていたってえわけだ。二番目の男は、アクメットから目をはなざず、やつが戸口から入っていくのを見とどけた。

男は、アクメットが、とりでにうまくひなんしたものと思った。それで、次の日に、自分もとりでにひなんを願いでた。ところが、アクメットの姿《すがた》がない。警備隊《けいびたい》の軍曹《ぐんそう》に話したら、軍曹《ぐんそう》は司令官に報告《ほうこく》した。すぐに捜索《そうさく》が行われ、死体が発見されて、あっしら四人はつかまり、裁判《さいばん》ざたさ。法廷《ほうてい》では、財宝《ざいほう》の話は、まったくなし。ラジャは退位《たいい》させられて、国外に追放されちまったから、財宝《ざいほう》に関心をよせる者はいなくなったというわけだ。それでも、殺人罪《さつじんざい》で、あっしらは共犯《きょうはん》ということになっちまった。三人のシーク教徒は終身刑《しゅうしんけい》。あっしは死刑《しけい》ってえことになったが、あとで、ほかの連中と同じ刑《けい》にかわった。

気がついてみりゃあ、あっしらは、まったくみょうなことになってた。四人がそろってとらわれの身、脱出《だっしゅつ》の見こみもなし。そこで、なんとか時節のくるのを待つことにしたのさ。

あっしらは、アグラからマドラスへ、そしてそこから、アンダマン諸島《しょとう》のブレア島へとうつされやした。この植民地には、白人の囚人《しゅうじん》がほんの数人で、あっしは行儀《ぎょうぎ》がよかったから、まもなく特別待遇をうけるようになりやした。ハリエット山の中腹《ちゅうふく》にある小さな土地に、小屋を一軒《けん》あたえてもらって、自由にやってた。だが、一歩外に出れば、やばんな原住民が、すきあらばと、毒《どく》の吹《ふ》き矢《や》でねらってきた。

あれやこれやしているうちに、あっしは軍医の助手になって、薬を調合することをおぼえ、医学の知識《ちしき》を聞きかじるようになった。あっしは、ずっと脱走《だっそう》の機会をうかがっていたが、どこへ行くにも、そこまでは数百キロもあり、にげだすことはできない話だった。

軍医のサマトン先生は道楽者だった。あっしが薬の調合をする仕事をしていた治療室《ちりょうしつ》は、先生の居間《いま》のとなりにあって、よく、先生とその仲間の話を聞いたり、カード遊びを見ていたもんだ。

そこには、ショルトー少佐、モースタン大尉《たいい》、ブロムリー・ブラウン中尉《ちゅうい》といった、現地《げんち》軍兵《ぐんぴょう》の指揮官《しきかん》・軍医、ほかに二、三人の刑務所《けいむしょ》の役人がいて、この役人が、カードにかけては、そうとうなやり手だった。

ほどなくあっしは、あることに気づいた。負けるのはいつだって軍人で、勝つのは決まって役人だ。いかさまがあったわけじゃあないがね。夜ごとに、軍人たちは金がなくなって、いちばん負けがこんできたのがショルトー少佐だった。ついには多額《たがく》の手形で借金をはらうようになり、やつは、いつも大酒をくらっていた。

ある晩《ばん》、やつは、いつにもまして大負けした。

『これで終わりだ、モースタン。おれは辞表を書かなきゃなるまい。もう破《は》産《さん》だ』

ショルトー少佐は、こうぼやいてた。二、三日のちのこと、少佐が海岸を散歩していたとき、あっしはこういったんだ。

手形《てがた》
ある額《がく》のお金《かね》を、決《き》められた日《ひ》に、決《き》められた場所《ばしょ》で支払《しはら》うことを約束《やくそく》した書《か》きつけのこと。

『少佐どの、少しばかり、お知恵《ちえ》をお借りしたいのですが』

『ほう、どんなことかね、スモール？』

『じつは、かくしてある宝物《たからもの》を、どこへひきわたすのが適当《てきとう》かということを、おたずねしたいのです。あっしは、五十万ポンドの宝《たから》のありかを知っていますが、それをどこかのすじにひきわたして、あっしの刑《けい》を短くしてもらえないものかと、思ったわけです』

『五十万ポンドといったな、スモール？』

『そのとおりです、少佐――宝石《ほうせき》と真珠《しんじゅ》でです。ほんとうの持ち主は追放されて、財産《ざいさん》を所有することができません。ですから、宝《たから》は最初の発見者のものになります』

『それは政府《せいふ》だね、スモール。政府《せいふ》だ』

『それでは、これを、総督閣下《そうとくかっか》に報告《ほうこく》すればよいわけですか？』

『そうだ。だが、あまりいそぐことはないぞ。事実を話してみろ』

場所ははっきりさせずに、多少内容《ないよう》をかえて、一部始終を教えてやった。

『スモール、このことは、だれにもいってはいけない。近いうちに、もう一度会おう』

二日後、やつは、友だちのモースタン大尉《たいい》をつれて、真夜中にあっしの小屋へやってきた。

『例の話を、モースタン大尉《たいい》にも、おまえの口から、じかに聞かせてやってくれ』

あっしは、同じ話をくりかえしてやった。

『どうだ、うそじゃないだろう？』

モースタン大尉《たいい》はうなずいた。

『いいかな、スモール。おまえの、この秘密《ひみつ》は、おまえがすきなように処理《しょり》していい。だが、そのかわりに、おまえがなにがほしいかという、条件《じょうけん》のおりあいがつけば、われわれがひきうけてもいいぞ』

かれらの目は、興奮《こうふん》と欲望《よくぼう》で、ぎらぎらしていた。

『あっしのような立場でできる取り引きは、ただひとつだ。あっしと仲間三人を、自由にしてもらいたい。あっしらは、あんた方を仲間にいれて、五分の一の分け前をあげますから、それをふたりでわけてもらいましょう』

『なに、五分の一！か』

『ひとり五万ポンドにはなりますぜ』

『自由の身といっても、どうするつもりだ？』

『ここには、脱走《だっそう》するのに入用《いりよう》な、適当《てきとう》な小舟《こぶね》と、当座《とうざ》の食料がない。カルカッタやマドラスに行けば、小さなヨットや帆船《はんせん》がある。それを一そう、調達してほしい。そして、夜のうちに舟《ふね》に乗り、インド沿岸《えんがん》のどこかで、あっしらをおろしてもらえれば、それでそちらの役目は終わりです』

『おまえひとりだけだったらできる』

『四人全員か、さもなければ、やらないかだ。あっしらは、ちかいをたてたんだ。あっしら四人は、いっしょに行動することになってるんです』

『どうだね、モースタン。スモールは、約束は守る男だ。仲間を裏切《うらぎ》るようなことはしないだろう。信用して、だいじょうぶだと思うが』

『それだけの金があれば、将校《しょうこう》の地位を失わずにすむ』

『よし、スモール。箱のかくし場所を教えろ。わたしが休暇《きゅうか》をとって、月に一度くる定期船で、インドに行き、しらべてみよう』

『そういそがれても、こまりますよ。三人の仲間の同意ももらわにゃあなりません。あっしらは、四人いっしょでないとだめなんでね』

そして、二回めの話しあいには、マホメット・シング、アブドゥラー・カーン、それにドスト・アクバーのみんなが出席して、ようやく話が決まった。

まず、ショルトー少佐が話をたしかめにインドへ行き、宝《たから》が見つかったら、そのままにしておく。そして食料をつんだ小型《こがた》ヨットを用意して、ラトランド島沖にとめておき、軍務《ぐんむ》にもどる。あっしらは、なんとかそのヨットにもぐりこんで、アグラへ行く。モースタン大尉《たいい》は休暇《きゅうか》を願いでて、あっしらとアグラでおちあい、宝《たから》を山分けして、自分と少佐の分をもちかえる。

こういう手はずを、げんしゅくにちかいあい、朝までに四つのサイン――つまり、アブドゥラー、アクバー、マホメットとあっしの――をしるした地図を、二枚《まい》しあげた。

ところが、ショルトーの悪党《あくとう》めは、インドへ行ったきり、もどってこなかった。すぐあとで、モースタン大尉《たいい》が、郵便船《ゆうびんせん》の乗客リストに、やつの名前がのっているのを見せてくれた。やつは、おじが死んでぼう大な遺産《いさん》が入ったとかで、軍隊をやめたという話だった。あいつは、あっしら五人を平気で裏《うら》切《ぎ》れるやつだったんだ。

すぐそのあと、モースタン大尉《たいい》がアグラへ行ってみたら、あんのじょう、宝《たから》はなくなっていたそうだ。約束はひとつもはたさず、宝《たから》はみなひとりじめさ。それからは、あっしは日夜、ショルトーへの復讐《ふくしゅう》のことしか考えなかったんでさあ。

ある日、サマトン医師《いし》が熱病でたおれていたときに、囚人《しゅうじん》たちが森で見つけたといって、重病の小さなアンダマン諸島《しょとう》の原住民をつれてきた。そいつをあずかって、二、三か月もすると、なおって歩けるようになった。やつは、あっしのことが気にいったらしく、森へ帰ろうとしないで、いつもあっしの小屋にいるようになった。

やつは、トンガってえ名前だった。あっしは、やつに、見はりのいない船着場へ、自分のカヌーをもってくるようにいった。それに、ひょうたん五、六個《こ》に水をいれ、ヤムイモやココナッツ、サツマイモを、うんとつんでおくようにいいつけておきやした。

このトンガは、信用のおけるかたいやつで、約束の夜に、いわれたとおり船着場へカヌーをもってきた。ところが、偶然《ぐうぜん》そこに囚人警備員《しゅうじんけいびいん》がひとり、いあわせた。いつも、しかえししてやろうと思っていたやつだ。やつは、肩《かた》からカービン銃《じゅう》をさげ、背中《せなか》をこちらに向けて立っていた。脳天《のうてん》を石でたたいてやろうと思ったが、石が見つからない。

そのとき、名案がうかんだ。あっしは、義足《ぎそく》をとりはずすとやつにおそいかかり、思いきりなぐってやった。それで相手はのびてしまい、あっしらはカヌーのところへ行って、一時間ののちには、もう海へ出ていた。

トンガは、武器《ぶき》からなにから、とにかくこの世の財産《ざいさん》は、いっさいもって

ヤムイモ
熱帯地方《ねったいちほう》で栽培《さいばい》されている大《おお》きなイモ。

きていた。ココナッツであんだ、むしろがあったので、これで帆《ほ》をつくり、十日間、運を天にまかせて進んだ。そして十一日めに、マレー人の巡礼者《じゅんれいしゃ》をのせて、シンガポールからジッダへ向かう船に助けられたというわけだ。

あっしらは、世界じゅう、あっちこっちとわたりあるいたが、ロンドンには、なかなかたどりつけなかった。そのあいだ、夢《ゆめ》の中で、やつを何百回も殺《ころ》してやったものさ。それでも、三、四年前、ようやくイングランドにたどりついた。やつが、宝《たから》を金にかえたか、しらべてみたら、まだ宝《たから》をもっているとがわかった。だが、あいつはずるがしこい男で、いつも護衛《ごえい》に、ボクサーをふたりやとっていた。

ところが、ある日、やつが死にそうだという知らせが入り、いそいでやつの家の庭へ行ってみたら、やつは両わきに息子を立たせて、床《とこ》にふしていた。やつを見た、ちょうどそのときがご臨終《りんじゅう》さ。

あっしは、その晩《ばん》、やつの部屋にもぐりこんで、宝《たから》のかくし場所の書きつけでもないかと、さがしまわった。そして、むかしの仲間もよろこぶかと、

ジッダ
サウジアラビアの西《せい》部《ぶ》、紅海《こうかい》ぞいにある町《まち》。イスラム教《きょう》の聖地《せいち》メッカへの巡礼者《じゅんれいしゃ》が上陸《じょうりく》する。

地図に書いたのと同じ、四人のサインを書いて、やつの死体の胸《むね》にとめてやった。

あっしは、あのトンガを、人くい人種だなんぞといっては、縁日《えんにち》で見せ物にして、くらしをたてていた。一日はたらけば、いつだって、帽子《ぼうし》いっぱいの小銭《こぜに》があつまった。

そして、長いあいだ待ちに待った、宝《たから》が見つかったという知らせがきた。バーソロミュー・ショルトーさんの化学実験室の天井裏《てんじょううら》にそれがあったんだ。だけど、そこへ義足《ぎそく》のままで、どうやってのぼったらいいか、見当がつかない。ただ、はねあげ戸があることと、ショルトーさんの夕食時間がわかっていたので、トンガを使えば、うまくいくと思ったわけさ。

やつの腰《こし》に、長いロープを巻《ま》いてつれだすと、トンガはすぐに、ネコのようにのぼって、屋根から中に入った。だが、バーソロミュー・ショルトーさんは気のどくに、まだ部屋にいなすった。トンガは、あの人を殺《ころ》して、なにか気のきいたことをしたつもりでいた。

あっしはテーブルの上に四人のサインを残すと、宝《たから》の箱を下へおろし、自分もすべりおりた。最後に、トンガがロープを引きあげ、窓《まど》を閉《し》めると、入ってきたのと同じやり方で脱出《だっしゅつ》した。

これで話は全部だ。前に、スミスという男の、オーロラ号とかいうランチが速いと聞いていたんで、こいつは、脱走《だっそう》するには、ちょうどいい船だと思ったわけさ。スミスをやとって、汽船までうまく運んでくれれば、大金をはずんでやるつもりだった。やつは、あっしらの秘密《ひみつ》は、なにも知らない。

こんな話をするのも、あっしが、ショルトー少佐にどれほどひどいしうちをされたか、また、あっしは、その息子が死んだことには、まったくかかわりあっていないことを、世間に知らせたいためだ」

「なるほど、おどろくべき話だったね」

ホームズはいった。

「きみの話の後半の部分については、わたしにとって、新しいことはなにひとつなかった。例外は、きみが自分でロープをもってきたということだけだ。わたしは、トンガは吹《ふ》き矢《や》を全部なくしてしまったのだと思っていたが、やつは、船に乗っているわれわれに向かって、一本うったね」

「全部落としたんですがね。吹《ふ》き矢《や》の筒《つつ》の中に、一本だけ残ってたんでさあ」

「ああ、なるほど。それは考えつかなかった。

ところで、ホームズさん」

と、アセルニー・ジョウンズはいった。

「わたしとしてはこの話し手を、かぎと錠《じょう》とで閉じこめてしまえばひと安心です。下には、ふたりの警部《けいぶ》が待っています。おふたりのご協力に感謝《かんしゃ》しますよ。裁判《さいばん》のときには、ご足労いただくことになりますが。では、これで失礼」

「おふたりさんとも、おやすみなせえ」

スモールがいった。

「スモール、おまえが先だ」

しんちょうに、ジョウンズがいった。

「その義足《ぎそく》で、なぐられないようにしないと」

しばらくのあいだ、わたしたちふたりは、だまってタバコをふかしていたが、やがてわたしがいった。

「この事件《じけん》は、きみの捜査《そうさ》方法《ほうほう》を研究する、ぼくの最後の機会になりそうだよ。うれしいことに、モースタン嬢《じょう》が、ぼくを未来の夫として、うけいれてくれることになったのさ」

かれは、うめき声をあげた。

「そうなるのではと思っていたよ。おめでとうとはいわないね」

わたしは、少し気分をそこねた。

「ぼくのえらんだことに、きみはなにか、不満でもあるのかい？」

「いや、ちがう。かのじょは、ぼくがこれまでに会った若《わか》い女性《じょせい》の中で、もっとも魅力的《みりょくてき》な女性《じょせい》のひとりさ。だから、われわれがやってきたような仕事に、きわめて役立つのではないかと思うよ。父親の残した書類の中から、あのアグラの宝《たから》の地図だけをとっておいたということを見ても、わかるだろう。

恋愛《れんあい》は、感情的《かんじょうてき》なものだ。そして感情的《かんじょうてき》なものは、ぼくにとっては、なによりも価値《かち》のある、冷静な理性《りせい》とは相反《あいはん》するものなのだよ。そのために、判《はん》断《だん》がかたよったりするといけないから、ぼくは絶対《ぜったい》に結婚《けっこん》はしないよ」

「いずれにしろ、きみはつかれたようだね」

と、わたしはいった。

「そう、もうすでに、反作用がはじまっている。これから一週間はくたくたになっているだろうね。ぼくには、ひどいなまけ者の素質《そしつ》と、すばらしい活動家の素質《そしつ》とが、ともにあるのさ。ぼくはよく、あのゲーテの名言を思いだすよ。

『自然がおまえを、ただの人にしかつくらなかったのは残念だ。価値《かち》ある人にも、したたかな悪党《あくとう》にもなれたのに』

ところで、このノーウッド事件《じけん》にもどるけど、ぼくが推理《すいり》したとおり屋敷《やしき》の中に、共犯者《きょうはんしゃ》がひとりいた。それは、執事《しつじ》のラル・ラオ以外にないと思うよ。じっさい、大きなあみをはって、魚を一ぴきつかまえて、その手がらはジョウンズひとりだ」

「それは、なにか不公平だね。きみがこの事件《じけん》を全面的に解決《かいけつ》した。そのおかげで、ぼくは妻《つま》を、ジョウンズは名声を手にいれた。で、きみの取り分は、なんだっていうのかい」

「ぼくには、このコカインのびんがあるさ」

と、シャーロック・ホームズはいった。

物語の中に出てくることばについて

★（　）内はページ

《四つのサイン》

＊1　ベイカー街（10）

現《げん》ホームズの下宿は、ベイカー街二二一Bにあり、このころはワトスンもいっしょに住んでいた。

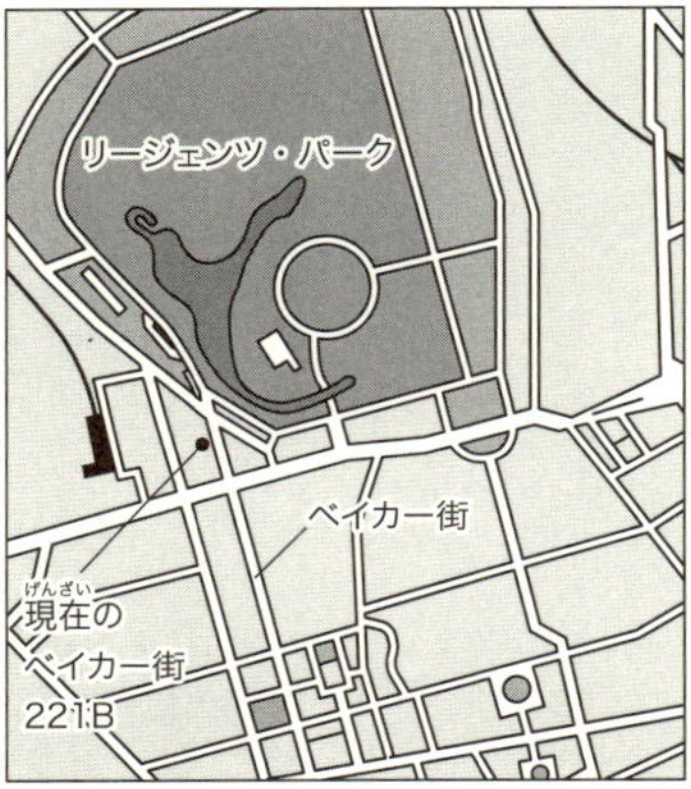

＊1　ベイカー街

＊2　アンダマン諸島《しょとう》（24）

インドの東、ガンジス川の河口から約千九十キロメートル南にある。一八五八年以来、囚人《しゅうじん》用の植民地として使っていた。

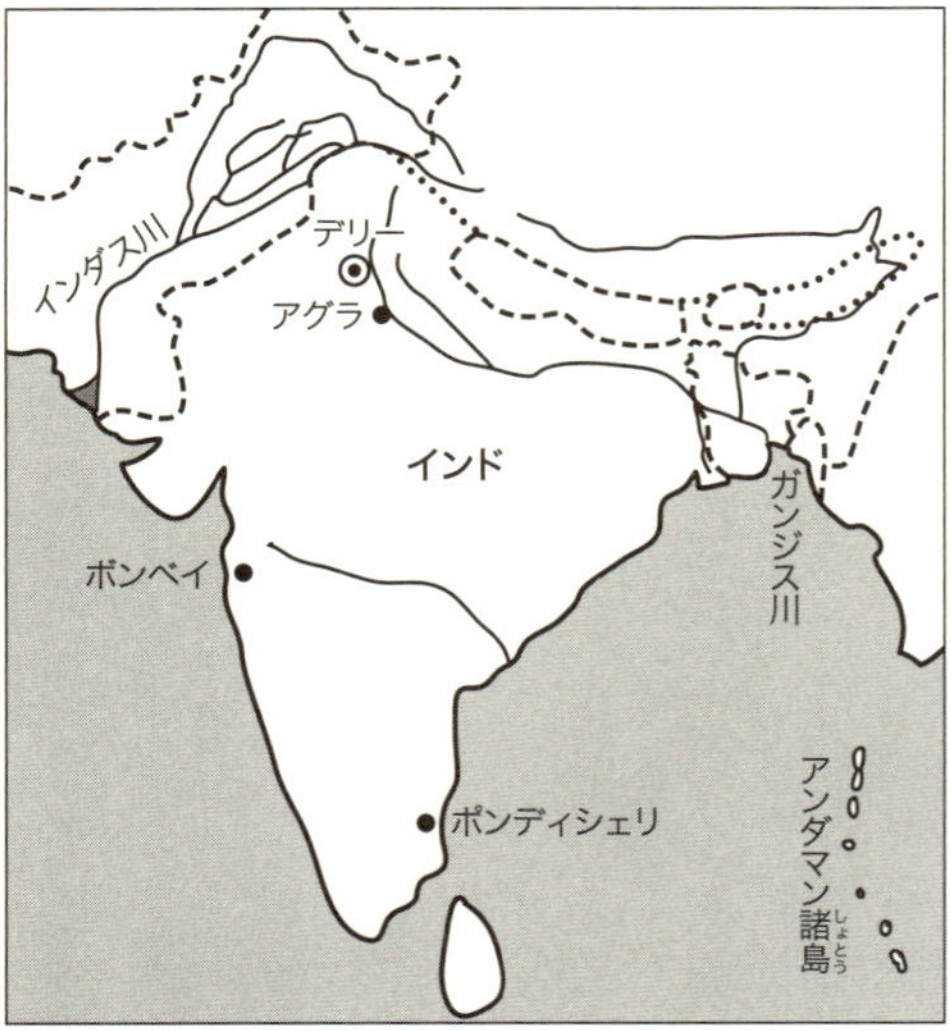

＊2，8，9　インドの地図

＊3　ボンベイ歩兵連隊《ほへいれんたい》（25）

インド西部の主要な港湾《こうわん》都市ボンベイにあった、徒歩で戦う兵士《へいし》の軍隊のこと。（ボンベイ歩兵連隊《ほへいれんたい》は、ドイルが物語をリアルにするために設定《せってい》した、実在しない連隊《れんたい》の名前）

＊4　「タイムズ」紙（25）

ロンドンの大手日刊《にっかん》新聞で、一七八八年に創刊《そうかん》。多くの新聞の中でも群《ぐん》をぬいて優秀《ゆうしゅう》だとされた。

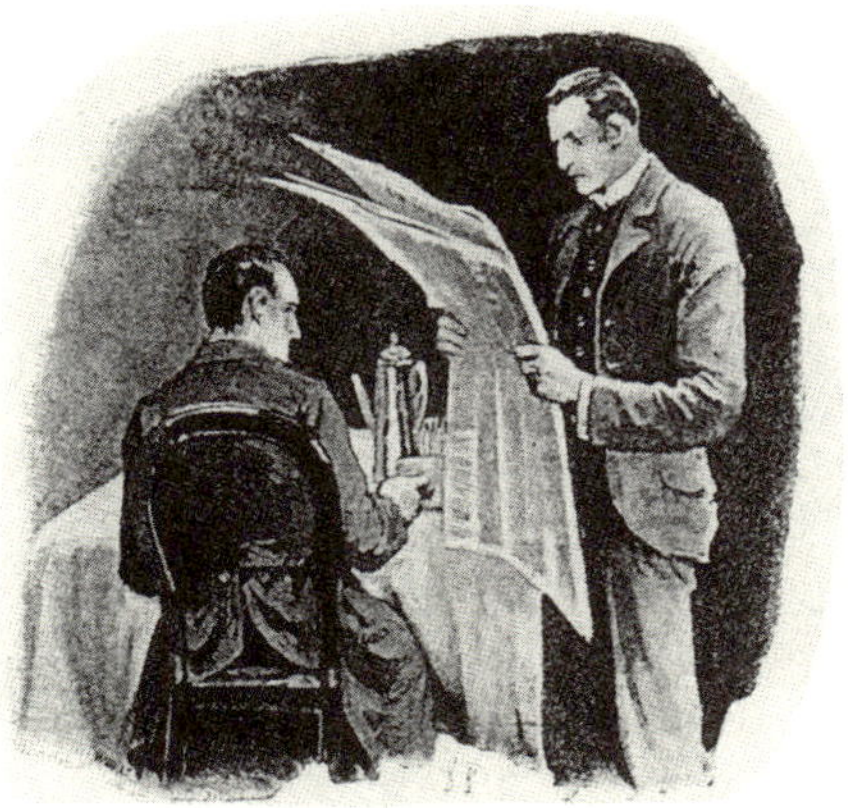

＊3　新聞を読むワトスン。
絵／シドニー・パジット

＊5　二十五万ポンド（31）

当時の英国の貨幣制度《かへいせいど》は、一ポンド＝二十シリング＝二百四十ペンスだった。現在《げんざい》の日本の諸物価《しょぶっか》をもとに考えると、当時の一ポンドは約二万四千円に相当する。二十五万ポンドは約六十億円。

＊6　ロチェスター通り、ほか（40）

以下に登場する地名は左の地図を参照。

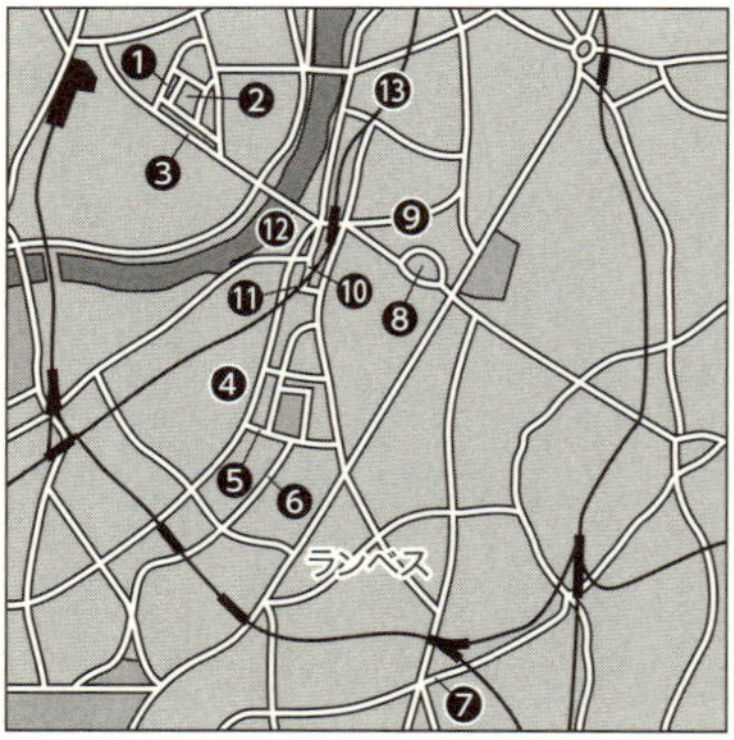

＊6, 11, 14　ホームズの時代のロンドン

❶ロチェスター通り
❷ヴィンセント・スクエア
❸ヴォクスホール橋通り
❹ワンズワース通り
❺プライオリ通り
❻ラークホール小路
❼コールドハーバー小路
❽オーヴァル競技場《きょうぎじょう》
❾ケニントン・レイン
❿ボンド街
⓫マイルズ街
⓬ナイン・エルムズ
⓭ブロード街

＊7　サリー州（40）

イングランドの南東部にある州。ロンドンに通勤《つうきん》する人びとの、住宅《じゅうたく》地《ち》が多い。

＊7　サリー州

＊8　ポンディシェリ荘《そう》（48）

ポンディシェリはインド南東部にある町の名。一九五四年までフランス領《りょう》だった。Ｐ２１０の地図参照。

＊9　アグラ（51）

インド北部の都市。ガンジス川にそったインド最古の都市で、有名なタジ・マハール廟《びょう》がある。Ｐ２１０の地図参照。

＊10　イングランド（58）

英国の地《ち》域《いき》名《めい》。グレート・ブリテン島のうち、スコットランド、ウェールズをのぞいた地《ち》域《いき》。

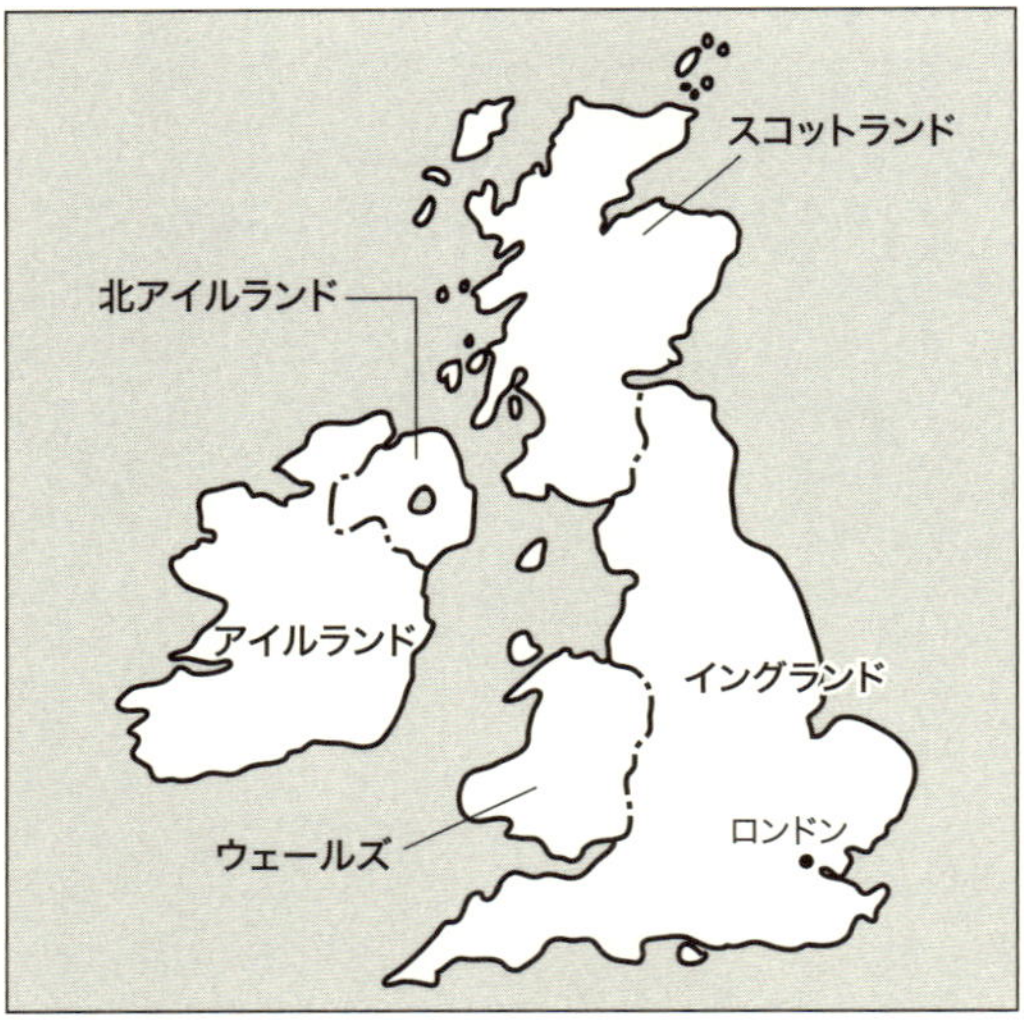

＊10　イングランド

＊11　ランベス（88）

ロンドン南部の地区。住《じゅう》宅《たく》と軽工業の地帯。P212の地図参照。

＊12　クリスタル・パレス（94）

一八五一年の万国博覧会《ばんこくはくらんかい》のとき、ロンドンのハイド・パークにたてられた建物。鉄とガラスでつくられ、当時としてはたいへんモダンだった。一九三六年、大規模《だいきぼ》な火災により焼失してしまった。

＊12　クリスタル・パレス

＊13　ストレタム、ブリクストン、カンバーウェル（106）

左の地図参照。

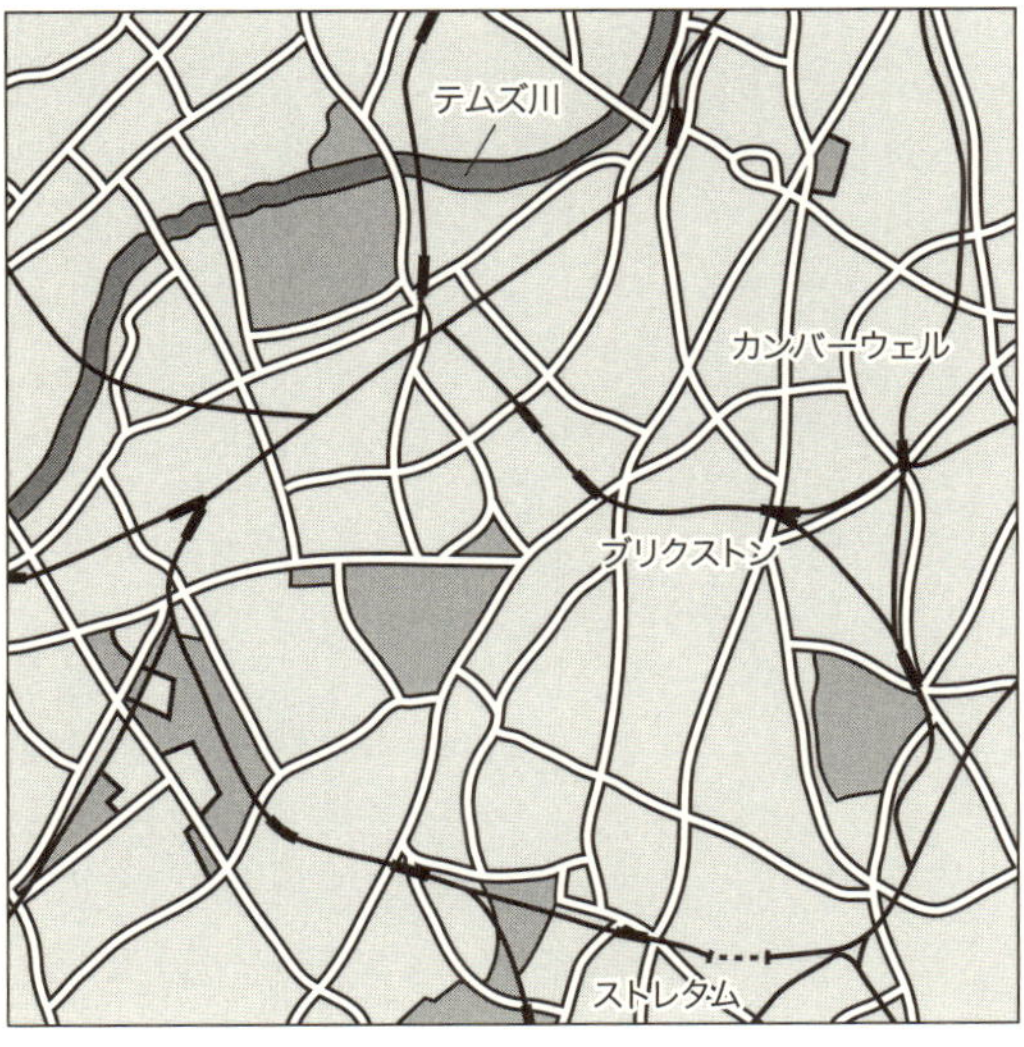

＊13　ストレタム、ブリクストン、カンバーウェル

＊14　オーヴァル競技場《きょうぎじょう》……ケニントン・レイン（106）

以下に登場する地名はＰ２１２の地図参照。

＊15　グレイブズエンド（113）

ケント州にあるテムズ川ぞいの港町。下の地図参照。

＊16　グリニッジ（116）

ロンドンの南東の地区。ここに一六七五年設立の王立天文台があり、世界標準時《せかいひょうじゅんじ》の起点になっていた（天文台は一九五三年に移転《いてん》）。下の地図参照。

＊17　リッチモンド（133）

当時サリー州にあった都市。ロンドンの郊外住宅《こうがいじゅうたく》地《ち》として発展《はってん》した。下の地図参照。

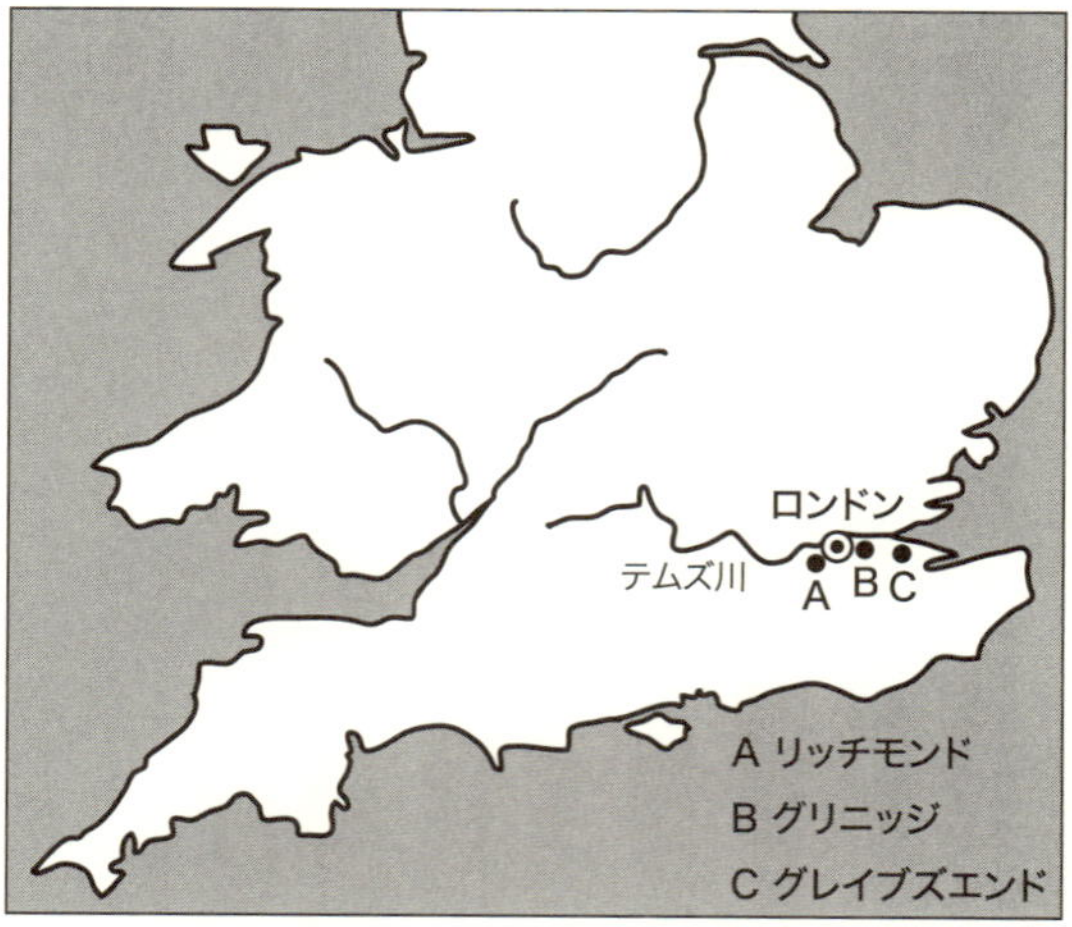

＊15, 16, 17　グレイブズエンド、グリニッジ、リッチモンド

＊18　スコットランド・ヤード（135）

一八二九年に創立《そうりつ》された、ロンドン警視庁《けいしちょう》のこと。スコットランド王がロンドンを訪問《ほうもん》したとき滞在《たいざい》した、宮殿《きゅうでん》（スコットランド・ヤード）に由来する。

＊19　ウェストミンスターさん橋（143）

ウェストミンスター橋のすぐ近く、テムズ川ぞいにある公共のさん橋。さん橋は、船の荷物のあげおろしのために、海や川に床面《ゆかめん》をつきだしてつくった船着き場のこと。

＊20　ストラディバリウス（145）

イタリア人のストラディバリ（一六四四〜一七三七年）と、その一族がつくったバイオリンの名前。名器として、現在《げんざい》も珍重《ちんちょう》されている。ホームズのバイオリンもストラディバリウス。音は三百年たってもかわらない高い品質《ひんしつ》。ホームズはトテナムコートの質屋《しちや》で、わずか五十五シリングで購入《こうにゅう》したが、現在《げんざい》は数億円の値《ね》がついている。

＊21　ロンドン塔《とう》（146）

ロンドンのシティ地区の東のはしにある城。かつては要塞《ようさい》と監獄《かんごく》として使われていた。

＊21　ロンドン塔《とう》

＊22　東インド会社（184）

十七世紀《せいき》に、西欧諸国《せいおうしょこく》が東洋貿易《とうようぼうえき》のために設立《せつりつ》した特設会社《とくせつがいしゃ》。英国は一六〇〇年に設立《せつりつ》し、一八七四年に解散《かいさん》した。香料などの貿易《ぼうえき》を独占《どくせん》し、政治力《せいじりょく》、軍事力ももっていた。

＊23　ムガール帝国《ていこく》（190）

十六世紀《せいき》前半～十九世紀《せいき》にかけて、インドにあったイスラム帝国《ていこく》。英国などの外国勢力《せいりょく》の侵入《しんにゅう》のため、おとろえた。

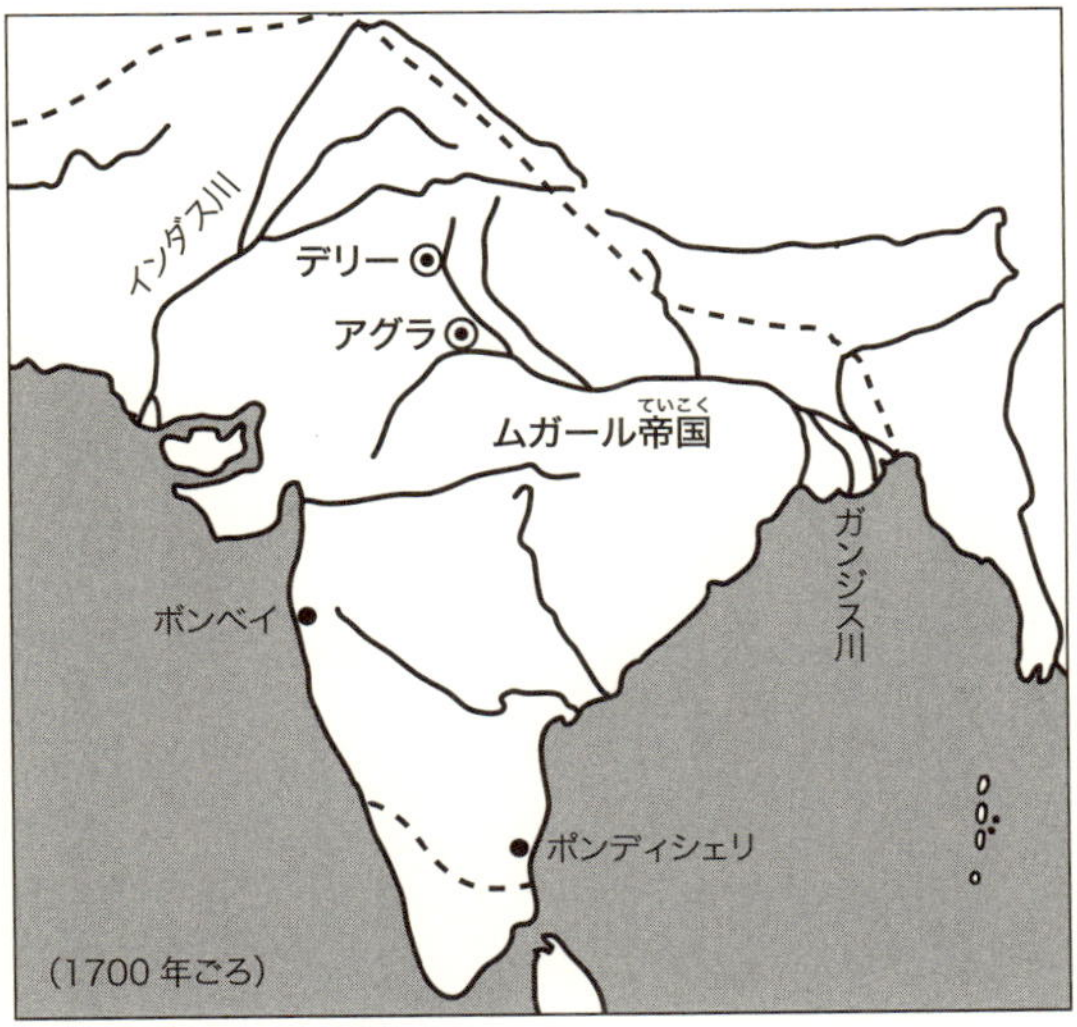

＊23　ムガール帝国《ていこく》

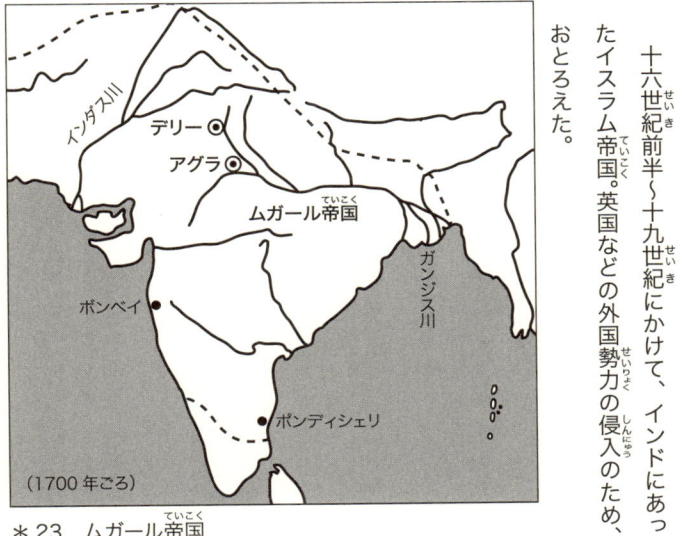

ホームズをもっと楽しく読むために

小林　司　東山あかね

●この本の作品について

シャーロック・ホームズは、十九世紀《せいき》の英国の作家、アーサー・コナン・ドイルが生みだした名探偵《めいたんてい》です。全部で六十もあるホームズ物語のうち、この本には、十九番めにおきた事件《じけん》をおさめました。

ホームズ物語は、ワトスン医師《いし》が、友人ホームズの活やくを『事件記録《じけんきろく》』という形でのべたものです。

この事件《じけん》は、一八八八年九月十八日から、九月二十一日にかけておきました。

二番目に書かれたホームズ物語

この作品は、コナン・ドイルが最初に書いたホームズ物語、《緋色《ひいろ》の習作》（本シリーズに収《しゅう》録《ろく》）につづく、二番めに書かれたホームズ物語です。

第一作は不評《ふひょう》で、英国内ではほとんど注目されませんでした。しかし、米国のリッピンコット社が目をつけて、ドイルに二作目の執筆《しっぴつ》を依頼《いらい》したのです。

このとき、同時にオスカー・ワイルドも執筆《しっぴつ》を依頼《いらい》され、『ドリアン・グレイの肖像《しょうぞう》』を書きました。のちにこれらの作品で、ふたりともたいへん有名になったのです。

ドイルは、執筆《しっぴつ》の依頼《いらい》のとき、同席したワイルドをよく観察して、《四つのサイン》のサディアス・ショルトーのモデルとして使いました。話すときに、サディアスが口の前に手をあてて前歯をかくすのは、ワイルドの仕草です。

ドイルは、ホームズものの長編《ちょうへん》を四つ書きました。その中では《バスカヴィル家の犬》（本シリーズに収録《しゅうろく》）がもっともすぐれ、《四つのサイン》は、それにつぐできばえだといわれています。

メアリ・モースタン嬢《じょう》。（1904年、ニューヨークのハーバー社刊《かん》『シャーロック・ホームズ物語集』所載《しょさい》の挿絵《さしえ》。画家は不明）

この作品のとくちょうは、次から次へと新しい場面が展開《てんかい》するテンポの速さ、警察艇《けいさつてい》で犯人《はんにん》を追跡《ついせき》するスリル、植民地インドの異国情緒《いこくじょうちょ》などです。

また、よく考えながら読むと、当時の英国が、植民地で、ずいぶんいいかげんなことをしていたことがわかります。

コカインは健康飲料？

この作品のはじめに、ホームズがコカインを注射《ちゅうしゃ》している場面があります。これを読んだ現《げん》代《だい》の読者は、ホームズが法をおかして、麻薬《まやく》におぼれていたように感じるでしょう。

しかし、この作品が書かれたのは百年以上も前のことで、そのころには、コカインは麻薬《まやく》だとは思われておらず、頭の回転が速くなる、ひじょうにいい薬だと考えられていたのです。

そこで、『宝島《たからじま》』や『ジキル博士《はかせ》とハイド氏』を書いた作家スティーブンソン、空想科学小説の創始者《そうししゃ》ヴェルヌ、『人形の家』で有名な劇作家《げきさっか》のイプセン、それにローマ法王など、多くの人がコカインを愛用していました。また、健康飲料として、毎日飲んでいた人も多かったのです。

これをとりしまる法律《ほうりつ》もまだなく、英国で麻薬取締法《まやくとりしまりほう》ができたのはかなり後のことでした。

ランガム・ホテル。

ロンドンの最高級ホテル

モースタン嬢《じょう》のお父さんがとまっていた、ロンドンのランガム・ホテルは、今でもそのままの形で残っています。高級ホテルですが、宿泊《しゅくはく》することもできます。一室で一泊するには、七万円以上もします。ここへは、《ボヘミアの醜聞《しゅうぶん》》（本シリーズに収録《しゅうろく》）のボヘミア王もとまりました。

一八六五年に開業した当時も、ロンドンで最高級のホテルで、七階建てで客室は六百室もありました。ホテルの内装《ないそう》は白、緋色《ひいろ》、金色で、ごうかに統一《とういつ》され、床《ゆか》にしかれたカーペットの全長は、一万四千メートル弱にもなりました。ま

メアリーたちが待ちあわせをしたライシーアム劇場《げきじょう》。

た、彫刻《ちょうこく》をほどこした天井とモザイクの床《ゆか》は、イタリアの職人《しょくにん》の手によるものです。

各国の王族、政治家《せいじか》、芸術家《げいじゅつか》、作家などが、このホテルを愛用し、一時は革命で国をのがれたフランスのナポレオン三世が、ここに住んでいました。

ドイルとワイルドがリッピンコット社と1889年に面会したことを記念するプレート。ロンドン・シャーロック・ホームズ協会とオスカー・ワイルド協会が2018年に設置《せっち》。（東山あかね　撮影《さつえい》）

その後、英国国営放送《えいこくこくえいほうそう》ＢＢＣの事務所《じむしょ》として使われていた時期もありましたが、一九九一年にヒルトン系《けい》のホテルとしてふたたび復活《ふっかつ》しました。

宿泊《しゅくはく》しなくとも、ホテルの正面玄関《しょうめんげんかん》を入って、すぐつきあたりのラウンジでアフタヌーン・ティーを飲むだけで、その美しい内装を十分に楽しむことができます。このホテルの外壁《がいへき》には、ドイルとワイルドのリッピンコット社との会合を記念するプレートが二〇一八年にロンドン・シャーロック・ホームズ協会とオスカー・ワイルド協会によって設置《せっち》されています。

ベイカー街遊撃隊《ゆうげきたい》の子どもたち。

クレオソートのなぞ

この作品には、うっかりしてクレオソートの中に足をつっこんでしまったバーソロミュー・ショルトー殺害犯人《さつがいはんにん》を、ホームズがたいへん鼻のきく犬のトビーといっしょに追跡《ついせき》する場面がありま す。

けれども、バーソロミューの住むポン

ディシェリ荘《そう》に、なぜクレオソートがあったのかふしぎです。クレオソートは殺菌剤《さっきんざい》ですから、ふつうの家にはおいていない品なのです。バーソロミューは化学実験を行っていたようですから、その実験で使っていたのでしょうか。

また、ホームズは、クレオソートのにおいで追跡《ついせき》するほかにも、犯人《はんにん》をつかまえる方法はあるといっていますが、それがどんな方法かは、はっきりさせていません。いったい、どんな方法だったのでしょう。

ベイカー街遊撃隊《ゆうげきたい》の子どもたち

ホームズが、蒸気《じょうき》ランチ、オーロラ号をさがすのをてつだってもらった、ベイカー街遊撃隊《ゆうげきたい》の子どもたちをおぼえていますか。当時のロンドンには、この子たちのような、靴《くつ》を買うお金もなく、ぼろをまとって、はだしで歩いている子どもたちがおおぜいいました。

もちろん学校へも行っていません。そういう子どもたちは、下水道やテムズ川をさらい、底にしずんでいる古くぎなどの金属《きんぞく》をあつめ、くず屋さんに売ったりして、生活費《せいかつひ》をかせいでいました。

英国の作家ディケンズが書いた『オリバー・ツイスト』には、このような子どもたちの生活

ホームズたちが警察《けいさつ》の船で犯人《はんにん》を追跡《ついせき》したテムズ川。

ぶりが、くわしく書かれています。

作品から知る当時のようす

作品の中に、捜査《そうさ》にいきづまったホームズが、化学実験をして気分転換《きぶんてんかん》をする場面があります。化学実験は、当時としては超《ちょう》モダンな趣味《しゅみ》で、現在《げんざい》でいえば、パソコンを自分で組み立てるようなものです。

ドイルは新しいものずきで、まだ英国には数台しかなかった、オートバイや自動車を買っていたほどですから、最新流行のものを、どんどん作品にとりいれたのでしょう。

また、物語の終盤《しゅうばん》の、宝《たから》の箱をあけてみたら、からだったというくだりのすぐあとに、馬車の中でワトスンを待っていた警官《けいかん》が、「これじゃあ、手当てはなしだ!」とこぼす場面があります。

これにたいしてワトスンは、「ショルトーさんは、金持ちだから、礼はするでしょう」となぐさめています。

当時の警官《けいかん》には、あまり優秀《ゆうしゅう》でない人間を安い月給でやとうことが多かったようです。さっきまで犯人《はんにん》あつかいされていた人からのお礼の報酬《ほうしゅう》を期待しなければならないほど、給料が安かったのでしょう。

こんなことからも、当時の警察制度《けいさつせいど》が、ひじょうに不十分なものだったことが想像《そうぞう》されます。

いずれにしても、この物語には、百年前の英国のようすがかなりよくえがかれているので、犯人捜査《はんにんそうさ》にばかり気をとられず、当時の社会のようすにも目を向けたいものです。

●ホームズの時代の警察《けいさつ》について

ロンドン警視庁《けいしちょう》の建物のうつりかわり

ホームズ物語には、スコットランド・ヤードや警察官《けいさつかん》たちがよく登場します。スコットランド・ヤードとは、「スコットランドの庭」という意味ですが、ロンドン警視庁《けいしちょう》のことを、ふつうこう呼《よ》んでいます。

かつてロンドンには、スコットランド国王や大使が、イングランドの王室をたずねたときに滞在《たいざい》する宮殿《きゅうでん》がありました。そのうちの一部残っていた建物に、一八二九年、ロバート・ピール卿《きょう》が新しく創設《そうせつ》した首都《しゅと》警察《けいさつ》の本部をおきました。それで、ロンドン警視庁《けいしちょう》が、スコットランド・ヤードと呼ばれるようになったのです。

この、最初のスコットランド・ヤードの建物は、鉄道のチャリング・クロス駅からほど近い、官公庁《かんこうちょう》の建物がたちならぶロンドンの官庁街《かんちょうがい》、ホワイトホールのすぐ近くにありました。

これは、八畳《じょう》じきの部屋が四室あるくらいの面積で、二階建てという小さな四角い建物でした。

ホームズも、一八七七年に諮問探偵《しもんたんてい》を開業してから十三年間、この古い建物とつきあったこ

かつてのニュー・スコットランド・ヤード（現在《げんざい》は議会《ぎかい》の管理棟《かんりとう》）。

とになります。

やがて建物がてぜまになり、一八九〇年に新しく建物をつくって移転《いてん》することになりました。移転《いてん》してからは、ニュー・スコットランド・ヤードと呼《よ》ばれました。

ニュー・スコットランド・ヤードは、地下鉄のウェストミンスター駅の北どなり、テムズ川の川岸にある、赤れんがの六階建てのビルでした。この建物の、一、二階の外側をかこっている白い石は、《バスカヴィル家の犬》の舞台《ぶたい》であるダートムアで、囚人《しゅうじん》たちが切りだしたものです。

これは、一八七五年につくりはじめた、グランド・ナショナル・オペラハウスが、資金《しきん》切れで完成できなかったのを、買いとって完成させたものでした。まさに「警察《けいさつ》のお城」という感じの、どうどうとした外観で、百四十室のうち、四十室以上が、犯罪捜査課《はんざいそうさか》の部屋に使われていました。

この建物をたてたのはノーマン・ショウで、ニュー・スコットランド・ヤードと名づけたのは、退職寸前《たいしょくすんぜん》だった警視総監《けいしそうかん》ジェイムス・マンローでした。また、この建物ができて五年後に、すぐ南側に同じような建物スコットランド・ハウスが増設《ぞうせつ》され、ふたつの建物は陸橋でむすばれました。

二代目の建物はノーマン・ショウ・ビルディングと呼《よ》ばれ、議会の管理棟《かんりとう》になっています。三代目のニュー・スコットランド・ヤードは二十階建てで、ガラスばりの超近代的《ちょうきんだいてき》なビルです。部屋数は七百室あり、玄関前《げんかんまえ》の広場では、ニュー・スコットランド・ヤードと書かれた、大きな看板《かんばん》が回転しているのが目印でした。二〇一六年から二〇二四年現在《げんざい》まで使われているスコットランド・ヤード（ロンドン・警視庁《けいしちょう》）は四代目です。

犯罪者《はんざいしゃ》が探偵《たんてい》に？

一七九〇年ごろまでは、ロンドンに警察《けいさつ》らしいものはありませんでした。それでも犯罪《はんざい》をへらすため、このころは、密告者《みっこくしゃ》に褒賞金《ほうしょうきん》をあたえるということが行われていました。そのため、密告《みっこく》を職業《しょくぎょう》にする者が出たり、褒賞金《ほうしょうきん》めあての、探偵《たんてい》めいた賊捕《ぞくと》り屋《や》があらわれたりしました。

この賊捕《ぞくと》り屋《や》を開業して、百五十人もの犯人《はんにん》をとらえたといばっていたのが、ホームズ物語の《恐怖《きょうふ》の谷》（本シリーズに収録《しゅうろく》）にも名前が出てくる、ジョナサン・ワイルド（一六八三～一七二五年）でした。

　ワイルドは、はじめバックルをつくる職人《しょくにん》でしたが、そのうちに盗品《とうひん》を売る闇商人《やみしょうにん》となり、しだいに犯罪者《はんざいしゃ》を仲間にとりこんでいきました。

　このワイルドは、犯罪王《はんざいおう》だったと同時に、その情報網《じょうほうもう》を生かした、探偵《たんてい》の元祖《がんそ》でもあったようです。十八世紀《せいき》前半のこのころには、犯罪者《はんざいしゃ》が探偵《たんてい》になったのです。

『ロビンソン・クルーソー』の著者《ちょしゃ》として有名なデフォーも、ワイルドをたずねて、ぬすまれた剣《けん》を買いもどしてくれるようにたのんだそうです。

　こんなありさまでしたから、探偵《たんてい》というのは、信用できない人間だと、長いあいだ思われていました。

　それが、ディケンズによるルポルタージュや、ウィルキー・コリンズの小説『月長石《げっちょうせき》』などによって、しだいに信用をましていったのです。

　一八八七年に登場したホームズが、国民的英雄《えいゆう》になるまでには、このような、探偵《たんてい》にとっては不遇《ふぐう》な時代があったのです。

ふえつづける犯罪《はんざい》

十八世紀《せいき》には、産業革命《かくめい》による都市の人口増加で、犯罪《はんざい》がふえました。そしてそれを、都市のスラムや、街灯のない暗い横丁、それにジン（酒）が、いっそう助長しました。

一七五〇年ごろになると、すでに警察《けいさつ》が必要なことが、はっきりわかってきました。もはやしっかりした警察《けいさつ》力なしでは、犯罪《はんざい》を処理《しょり》できなくなっていたのです。

右はしと中央にいる警官《けいかん》の服装《ふくそう》に注目。《技師《ぎし》の親指》より。絵／シドニー・パジット。

巡査《じゅんさ》は受け持ち地域《ちいき》がかぎられているので、街路の向こう側の犯罪《はんざい》を目にしても、手を出すことができません。

犯罪《はんざい》の増加が、大衆《たいしゅう》や議会の注目をあびるようになり、一方では、政治的《せいじてき》な騒乱《そうらん》やデモがふえ、ここからも警察制度《けいさつせいど》の創設《そうせつ》が求められました。一七八〇年の騒乱《そうらん》のときには、軍隊が出動して民衆《みんしゅう》をおさえるしまつでした。

一七四九年、ボウ・ストリート・ランナーズという、小さな探偵部隊《たんていぶたい》が、ロンドンにつくられましたが、この程度《ていど》では、大規模《だいきぼ》な騒乱《そうらん》にはとても対処《たいしょ》できません。

しかし、一方では、警察《けいさつ》という組織《そしき》ができると、これまでの自由を制限《せいげん》されるにちがいないと考えて、警察《けいさつ》をつくることにはげしく抵抗《ていこう》する人もいました。また、税金《ぜいきん》をはらっている人たちは、経費《けいひ》がふえることをおそれました。

それでも一七九二年には、シティと呼《よ》ばれるロンドンの中心部分をのぞいて、ロンドンを七つの地区にわけ、それぞれに三人の判事《はんじ》と官吏《かんり》をおいた警察署《けいさつしょ》がつくられました。この新しい制度《せいど》は、それまであった、ボウ・ストリート・ランナーズ、巡査《じゅんさ》、見回り役などと、一時的に併存《へいぞん》しました。

パトリック・コルクホウン判事《はんじ》は、一七九七年から一八〇六年にかけて、首都警察《しゅとけいさつ》を改善《かいぜん》しようとつとめ、警察《けいさつ》と裁判《さいばん》を分離《ぶんり》することにしました。かれは、ジョン・ハリエットとともに、一七九八年に水上警察《すいじょうけいさつ》をつくり、一八〇〇年にはテムズ警察法《けいさつほう》を施行《しこう》しました。《四つのサイン》でオーロラ号を追跡《ついせき》した警察艇《けいさつてい》は、この水上警察《すいじょうけいさつ》の快速艇《かいそくてい》だったのです。

警察制度《けいさつせいど》の制定《せいてい》

一八二九年、首都警察法《しゅとけいさつほう》が施行《しこう》され、ふたりの警視総監《けいしそうかん》のもとに、八百人ほどの制服警官《せいふくけいかん》が勤務《きんむ》するようになりました。

それまでは、一二八五年に定められた古いウィンチェスター法で、市民全員が自分の地域社《ちいきしゃ》会《かい》を自分で警備《けいび》するべきだと決められていました。つまり、全員が巡査《じゅんさ》の役をしろというわけです。

しかし、病気などでそれができない人は、かわりにお金をはらって、他人にその代役をしてもらいました。金をもらって代役をつとめる人は、たいがい失業者でした。

これがやがて巡査《じゅんさ》にかわっていったのですが、このようにしてうまれた巡査《じゅんさ》が、有能《ゆうのう》なわけがありません。

左はしが警官《けいかん》。《二つの顔を持つ男》より。絵／シドニー・パジット。

また、地方ごとに規則《きそく》はことなっていましたが、だいたい巡査《じゅんさ》は地方判事《ちほうはんじ》に事件《じけん》を報告《ほうこく》することになっていました。この地方判事《ちほうはんじ》が、ばく大な権力《けんりょく》をもっていて、被疑者《ひぎしゃ》をとらえ、取り調べをし、証人《しょうにん》の役もつとめ、判決《はんけつ》もくだし、懲役《ちょうえき》も科したのです。

一八三七年に、ビクトリア女王が即位《そくい》したときには、まだ警察制度《けいさつせいど》が不完全でした。大衆《たいしゅう》は警官《けいかん》をきらっており、信用していませんでした。

大衆《たいしゅう》のこういう態度《たいど》は、ホームズの時代にもまだ残っていました。たとえば《緋色《ひいろ》の習作》に出てくるランス巡査《じゅんさ》を、ホームズははじめからけいべつし、あざけっています。

しかし、こうした大衆《たいしゅう》の反感をおしきって、女王は即位後《そくいご》の二十年間に警察制度《けいさつせいど》をととのえ、その力を強めようとつとめました。

一八四二年には、巡査制度《じゅんさせいど》を整備《せいび》するための行政区巡査法《ぎょうせいくじゅんさほう》がつくられました。そして、一八五六年ごろになると、やっと努力が実をむすび、ロンドンの警察《けいさつ》は、イングランドやウェールズの、ほかの町のお手本になるように成長したのです。

エドモンド・ヘンダースがロンドンの警視総監《けいしそうかん》だった一八六八〜一八八六年のあいだには、約八千五百人だった警官《けいかん》が、一万五千人にふえました。

しかし、一八七七年の競馬詐欺《けいばさぎ》スキャンダル事件《じけん》に、スコットランド・ヤードの刑事《けいじ》もまきこまれていたことから、それ以後、刑事《けいじ》は大衆《たいしゅう》からお金をもらってはいけないと、きびしくいわたされるようになりました。

けれども、警官《けいかん》の給料は安く、仕事はつらかったので、一八七二年と一八九〇年には、賃金《ちんぎん》引き上げ、年金支給《しきゅう》、褒賞金授与《ほうしょうきんじゅよ》、週休などを要求して、警官《けいかん》のストライキがおこりました。このあとは、警官《けいかん》が専門家《せんもんか》としてのほこりをもつようになり、犯罪捜査《はんざいそうさ》の技術《ぎじゅつ》は進歩をとげていきます。一八九四年には、パリのベルティヨンの身体計測法《しんたいけいそくほう》をとりいれました。つづいて、フランシス・ガルトンの指紋法《しもんほう》を採用して、一八九五年には指紋台帳《しもんだいちょう》を発行しました。ホームズが指紋《しもん》を利用したり、顕微鏡《けんびきょう》を使ったり、血のあとを証明《しょうめい》する方法を発明したりするのも、そうした技術的進歩《ぎじゅつてきしんぽ》の一部なのです。

※この本に出てくる「英国」とは、イギリスのことです。

★作者

コナン・ドイル（Sir Arthur Conan Doyle）

1859 年、スコットランド・エジンバラに生まれる。エジンバラ大学医学部を卒業して医院を開業。1887 年最初の「シャーロック・ホームズ」物語である『緋色の習作』を発表。その後、医師はやめ、60 編におよぶ「シャーロック・ホームズ」物語を世に送りだした。「シャーロック・ホームズ」のほかにも SF や歴史小説など多数の著作を残している。1930 年 71 歳で逝去。

★訳者

小林《こばやし》　司《つかさ》

1929 年、青森県に生まれる。東京大学大学院博士課程修了。医学博士。精神科医。フルブライト研究員として渡米。上智大学カウンセリング研究所教授などをへて、メンタル・ヘルス国際情報センター所長。世界的ホームズ研究家として知られる。ベイカー・ストリート・イレギュラーズ（BSI）会員。1977 年日本シャーロック・ホームズ・クラブ創設・主宰。
主な著書は『「生きがい」とは何か』『脳を育てる　脳を守る』など多数。
2010 年帰天。

東山《ひがしやま》あかね

1947 年、東京都に生まれる。東京女子大学短期大学部卒業の後、明治学院大学卒業。夫小林司とともに日本シャーロック・ホームズ・クラブを主宰しホームズ関連本を執筆する。

ベイカー・ストリート・イレギュラーズ（BSI）会員。社会福祉士、精神保健福祉士。

小林との共著は『ガス燈に浮かぶシャーロック・ホームズ』『裏読みシャーロック・ホームズ　ドイルの暗号』『シャーロック・ホームズ入門百科』など、訳書『シャーロック・ホームズの私生活』『シャーロック・ホームズ 17 の愉しみ』『シャーロック・ホームズ全集』（全 9 巻）など多数。

単著は『シャーロック・ホームズを歩く』『脳卒中サバイバル』。

編集　ニシ工芸株式会社（森脇郁実、大石さえ子、高瀬和也、中山史奈、是村ゆかり）
校正　ペーパーハウス
装丁　岩間佐和子

＊本書は 1995 年刊「ホームズは名探偵」シリーズ 11『インドの秘宝怪事件』に加筆・修正し、イラストを新たにかき下ろしたものです。

名探偵《めいたんてい》シャーロック・ホームズ
四つのサイン

初版発行　2025年1月

作／コナン・ドイル
訳／小林司　東山あかね
絵／猫野クロ

発行所　株式会社 金の星社
〒111-0056 東京都台東区小島 1-4-3
TEL　03-3861-1861（代表）　FAX　03-3861-1507
振替　00100-0-64678
ホームページ　https://www.kinnohoshi.co.jp
印刷　株式会社 広済堂ネクスト　製本　牧製本印刷 株式会社
238ページ　19.4cm　NDC933　ISBN978-4-323-05992-1

名探偵《めいたんてい》
シャーロック・ホームズ

名探偵《めいたんてい》シャーロック・ホームズ

コナン・ドイル 作　小林 司・東山あかね 訳
猫野クロ 絵

シャーロック・ホームズの熱狂的《ねっきょうてき》な愛好家《あいこうか》のことを
シャーロッキアンといいます。
日本を代表するシャーロッキアンにして
日本シャーロック・ホームズ・クラブ主宰《しゅさい》が訳した
小学校4年生から読める本格《ほんかく》ミステリー。
各巻に豊富《ほうふ》な資料とくわしい作品解説《かいせつ》を掲載《けいさい》。
天才シャーロック・ホームズの世界をお楽しみください。

『緋色《ひいろ》の習作』
『グロリア・スコット号事件』
『花よめ失そう事件』
『赤毛組合』
『青いガーネット』
『恐怖《きょうふ》の谷』
『バスカヴィル家の犬』
『まだらのひも』
『ボヘミアの醜聞《しゅうぶん》』
『二つの顔を持つ男』
『ギリシャ語通訳《つうやく》』
『四つのサイン』